읽는다는 것

너머학교 열린교실 04

권용선 선생님의 책 읽기 이야기 **읽는다는 것**

권용선 글 정지혜 그림

너머학교

사람은 자연학적으로는 단 한 번 태어나고 죽지만 인문학적으로는 여러 번 태어나고 죽습니다. 세포의 배열을 바꾸지도 않은 채 우리의 앎과 믿음, 감각이 완전 다른 것으로 변할 수 있습니다. 이것은 그리 신비한 이야기가 아닙니다. 이제까지 나를 완전히 사로잡던 일도 갑자기 시시해질 수 있고, 어제까지 아무렇지도 않게 산 세상이 오늘은 숨을 조이는 듯 답답하게 느껴질 때가 있습니다. 내가 다른 사람이 된 것이지요.

어느 철학자의 말처럼 꿀벌은 밀랍으로 자기 세계를 짓지만, 인간은 말로써, 개념들로써 자기 삶을 만들고 세계를 짓습니다. 우리가 가진 말들, 우리가 가진 개념들이 우리의 삶이고 우리의 세계입니다. 또 그것이 우리 삶과 세계의 한계이지요. 따라서 삶을 바꾸고 세계를 바꾸는 일은 항상 우리 말과 개념을 바꾸는 일에서 시작하고 또 그것으로 나타납니다. 우리의 깨우침과 우리의 배움이 거기서 시작하고 거기서 나타납니다.

아이들은 말을 배우며 삶을 배우고 세상을 배웁니다. 그들은 그렇게 말을 만들어 가며 삶을 만들어 가고 자신이 살아갈 세계를 만들어 가지요. '열린교실' 시리즈를 준비하며, 우리는 새로운 삶을 준비하는 모든 사람들, 아이로 돌아간 모든 사람들에게 새롭게 말을 배우자고 말하고자 합니다.

무엇보다 삶의 변성기를 경험하고 있는 십대 친구들에게 언어의 변성기 또한 경험하라고 말하고 싶습니다. 이번 시리즈를 위해 우리는 자기 삶에서 언어의 새로운 의미를 발견한 분들에게 그것을 들려 달라고 부탁했습니다. 사전에 나오지 않는 그 말뜻을 알려 달라고요. 생각한다는 것, 탐구한다는 것, 기록한다는 것, 느낀다는 것, 믿는다는 것, 꿈꾼다는 것, 읽는다는 것……. 이 모든 말들의 의미를 다시 물었습니다. 그리고 서로의 말을 배워 보자고 했습니다.

'열린교실' 시리즈가 새로운 말, 새로운 삶이 태어나는 언어의 대장간, 삶의 대장간이 되었으면 합니다. 무엇보다 배움이 일어나는 장소, 학교 너머의 학교, 열려 있는 교실이 되었으면 합니다. 우리 모두가 아이가 되어 다시 발음하고 다시 뜻을 새겼으면 합니다. 서로에게 선생이 되고 서로에게 제자가 되어서 말이지요.

2010년 가을 고병권

차례

읽는다는 것,
그 비밀에 대하여

안녕? 내 이름은 제강이야. 나이는 삼만 오천 살, 아니 그보다 더 많을지도 몰라. 나는 아주 오래전부터 살아왔거든. 요즘도 날개 네 개로 훨훨 날아다니며 세계를 돌아다니고 있어. 너희도 나를 본 적이 있을지도 모르겠다. 어떻게 생겼냐고? 그건 천천히 알려 줄게.

자, 지금은 그것보다 더 중요하고 재미있는 이야기를 할 거니까 잘 들어 봐. 친구들은 옛날이야기 좋아해? 옛날 옛적에 흥부라는 착한 동생과 놀부라는 심술궂은 형이 살고 있었어요, 하는 이야기 말이야. 나는 옛날이야기 좋아하거든. 제일 좋아하는 이야기가 뭐냐고? 글쎄, 좋아하는 이야기가 무지 많아서 하나만 고를 수는 없을 것 같은데.

지금 딱 생각나는 이야기는 「벌거벗은 임금님」이야. 멋 부리기 좋아하는 임금님이 거짓말쟁이 재단사에게 속아서 벌거벗고 행진을 하다가 망신당하는 이야기 말이야. 아무리 책을 안 읽는 친구들이라도 이 이야기는 들어 봤을 거야.

이 이야기를 처음 들었을 때 임금님이 참 바보 같다고 생각했어. 거짓말쟁이 재단사도 나쁘지만 임금님이 더 한심해 보였거든. 백성들을 잘 돌볼 생각은 않고 멋 부리기만 좋아하다가 망신을 당했으니

쌤통이라고 비웃었지.

그런데 나중에 곰곰이 생각해 보니까 「벌거벗은 임금님」에는 뭔가 다른 의미가 숨어 있는 것 같더라고. 혹시 본다는 것과 읽는다는 것이 어떻게 다른지 생각해 본 적 있니?

우리가 무엇인가를 본다는 것은 눈에 보이는 형상을 한 것, 즉 색깔과 부피와 크기와 질감을 가진 사물이나 생명체를 본다는 뜻이잖아. 그런데 분명히 존재하지만 눈으로 볼 수 없는 것들이 세상에는 많잖아. 이를테면 공기나 바람 같은 것, 또 사랑이나 우정, 기쁨 같은 감정이나 정서도 있지.

벌거벗은 임금님의 재단사는 어쩌면 이렇게 말했던 건 아니었을까? 이 옷은 마치 사랑이나 진실, 희망, 용기처럼 눈에 안 보이지만 분명히 존재하는 좋은 것들로 짜서 만든 옷이라고, 그래서 보통 사람들의 눈에는 안 보이지만 훌륭한 사람의 눈에는 반드시 보이는 법이라고 말이야. 그리고 임금님은 이 나라에서 가장 높은 사람이고 가장 훌륭한 사람이므로 이 옷이 얼마나 아름다운지 볼 수 있을 것이라고 덧붙였겠지.

재단사의 이 말은 사람들의 입을 통해 나라 전체에 퍼졌을 거야. 임금님을 비롯해서 자기 자신이 훌륭한 사람이라고 생각하는 사람들, 그리고 다른 사람들에게 훌륭한 사람이라고 존경받고 싶은 사람들, 혹은 바보 취급받고 싶지 않은 사람들은 모두 약속이나 한 듯이 보이지 않는 임금님의 옷이 보인다고, 또 아주 멋지다고 했겠지. 하지만 눈에 보이는 것만 존재한다고 생각했던 한 어린이가 이 무언의 거짓말 동맹을 깨 버렸지. 어떻게? "임금님이 벌거벗었다."라고 큰 소리로 외침으로써 말이야.

그런데 왜 어린아이만이 "임금님이 벌거벗었다."고 말했을까? 그 어린이가 겁이 없어서? 아니면 바보라서? 그렇다기보다는 이 어린이는 벌거벗은 임금님의 모습을 '본 것'이었지. 그러고는 자기가 본 것을 정직하게 그대로 말한 거야.

물론 어른들 눈에도 벌거벗은 임금님의 모습은 보였지. 하지만 어른들은 눈에 보이는 것 말고도 벌거벗은 임금님에게서 많은 것들을 '읽어 냈던' 거야. 뭘 읽었을까?

임금님은 전혀 벌거벗은 사람답지 않은 모습으로 행차를 하고 있었기 때문에, 사람들은 그 모습을 보고 임금님은 자기 자신이 벌거벗었다는 사실을 모른다는 것을 읽어 냈겠지. 그리고 그 이유가 아주 특수한 옷, 즉 훌륭한 사람의 눈에만 보인다는 옷을 입고 있다고 믿기 때문이라는 것도 읽었을 거야.

그래서 어른들은 아무 말도 할 수 없었을 거야. "임금님이 벌거벗었다."고 말하는 순간, 자기는 훌륭한 사람이 아님을 고백하는 셈이니까. 또는 이런저런 사정을 다 접어놓고서 생각하더라도 임금님이 무안할까 봐 차마 사실대로 말하지 못했겠지.

어때? '읽는다는 것'이 그냥 눈으로 보는 것과 조금 다르며 제법 복잡한 의미를 담고 있다는 사실, 눈치챘니? 지금부터 읽는다는 것의 비밀에 대해 이야기해 볼 거야.

어, 어렵거나 지루한 이야기가 아닐까 걱정된다고? 너무 걱정하지는 마. 이 이야기는 친구들이 생각하는 것만큼 그리 힘들거나 지루한 이야기는 아니란다. 차라리 맛있는 음식에 대한 얘기에 가깝지. 우리의 삶을 풍요롭게 하는 영혼의 양식에 관한 이야기니까. 내가 삼만 오천 년 넘게 살아오면서 알아낸 비밀이니까 잘 들어 봐. 자, 그럼 시작해 볼까.

무엇을 읽고 있니?

읽기 전에 듣기 : 아주 크고 깊은 모모의 귀

내가 아주 좋아하는 풍경이 있는데, 잠들기 전 베갯머리 옆에서 엄마가 아이에게 옛날이야기를 들려주는 모습이야. 해와 달이 된 오누이 이야기, 구멍 난 하늘을 오색 돌멩이로 막은 여와 이야기, 한 번 날개를 펴면 천 리를 날아간다는 '붕'이라는 새 이야기 등등 재미있는 이야기들이 끝도 없이 엄마의 입을 통해 흘러나오지.

아이들은 그 이야기들에 푹 빠져서 쉽게 잠들지 못하고 눈을 반짝이기도 하지만, 대개는 이야기를 들으며 자기도 모르게 스르르 잠에 빠져드는 것 같아. 친구들도 모두 옛날이야기나 동화를 듣다 잠이 든 경험이 있을 거야.

아무리 재미있는 이야기라도 잠자리에서 들으면 왜 자장가처럼 들릴까? 아마도 글 읽는 소리에 일정한 리듬이나 속도가 있기 때문일 거야. 자장가가 적당히 느리면서도 고요한 분위기의 리듬이나 멜로디, 박자를 지니고 있듯이 말이야. 그래서 우리는 잠자리에서 옛날이야기나 동화를 들으면 내용이 아무리 재미있어도 끝까지 다 듣지 못하고 스르륵 잠에 빠져드는 걸 거야. 물론 잠자리에 누워서 누군가 읽어 주는 이야기를 들을 때의 그 분위기가 아주 평화롭고 달콤하기 때문이기도 할 테고.

우리는 이렇게 아주 어린 시절, 즉 글자를 배우기 전부터도 누군가가 들려주는 이야기나 읽어 주는 책을 들으면서 아주 많은 책을 읽어 온 셈이야. 그런데 이야기를 듣는 건 참 재미있는데, 혼자 책을 읽는 건 왜 지루하고 힘든지 모르겠어. 혼자 글을 읽을 줄 알더라도 누군가 책 읽어 주는 사람이 있으면 좋겠어. 그럼 서서도 듣고, 누워서도 듣고, 걸으면서도 들을 수 있을 텐데 말이야.

옛날에는 여러 사람을 모아 놓고 책을 읽어 주는 사람이 있었대. 아주 오래전 우리나라에 양반, 상민 하는 신분이 있을 때에는 양반들만 글을 읽었잖아. 농민이나 상민 그리고 노비나 여자들에게는 글을 가르치지 않았으니까. 그런 백성들을 불쌍하게 여긴 세종대왕이 한글을 만들기 전까지는 책이란 책은 모조리 그 어렵다는 한자로만 되어 있었으니 읽기가 쉽지 않았겠지. 한글이 만들어진 뒤에도 지금처럼 거의 모든 사람이 글을 읽고 쓸 수 있었던 건 아니었어. 그래서 책 읽어 주는 사람이 필요했던 거지.

마을마다 돌아다니며 사람들한테『홍길동전』,『장화홍련전』,『춘
향전』같은 이야기책을 읽어 주는 사람이 있었는데, 그런 사람을
'전기수'라고 불렀어. 전기수가 마을에 오면, 사람들은 저녁에 일
끝내고 아무개네 집 사랑방에 옹기종기 모여 앉아 이야기를 들었대.

전기수가 등장인물의 목소리와 표정과 기분을 아주 실감 나게 묘사하면서 책을 읽었기 때문에 사람들은 같이 울고 웃고 하면서 즐겼다지. 어때, 재미있었겠지? 그러니까 옛날부터 듣는 것은 읽기의 아주 중요한 방식이었던 거야.

듣기가 읽기의 한 방식이라면, 잘 읽고 잘 이해하기 위해서는 잘 들을 줄도 알아야겠지? 듣기의 명수 모모 이야기를 들어 본 적 있니?

모모는 미하엘 엔데라는 작가가 쓴 『모모』에 나오는 주인공 소녀란다. 모모한테는 아주 놀라운 능력이 있었어. 바로 다른 사람의 말을 잘 듣는 능력이지. 듣는 건 누구나 다 하는 건데, 그게 왜 특별한 능

● **미하엘 엔데의 『모모』와 한 작가의 모든 작품 읽기**
『모모』에는 '시간을 훔치는 도둑과 그 도둑이 훔쳐 간 시간을 찾아 주는 한 소녀에 대한 이상한 이야기'라는 조금 긴 부제가 붙어 있어. 듣기의 명수 모모에게는 사실 중요한 역할이 있었어. 회색 신사들이 훔쳐 간 사람들의 시간을 되찾아 주는 일이었지. 회색 신사들이 시간을 절약하면 더 많은 일을 할 수 있고, 더 많은 돈을 벌 수 있다고 마을 사람들을 꼬였거든. 이때부터 마을은 말할 수 없이 삭막해진단다.

('책 읽기 작은 사전(124쪽)'에서 이어집니다.)

력이냐고? 모모처럼 듣는 건 쉽지 않거든. 모모는 언제나 진정으로 귀를 기울여서 다른 사람의 말을 들었으니까.

　모모가 이야기를 열심히 들어 주면, 어리석은 사람이 갑자기 사려가 깊어지고, 크게 싸우던 사람들도 갑자기 화해를 하게 되었대. 모모가 무슨 대단한 말로 그 사람들을 설득해서가 아니야. 단지 가만히 앉아서 따뜻한 관심을 갖고, 온 마음으로 사람들의 이야기를 들었을 뿐이래. 그러면 사람들은 어느새 자신도 깜짝 놀랄 만큼 지혜로운 생각을 떠올리거나 친구와 화해할 마음이 들었대.

　모모는 사람들의 말에만 귀를 기울였던 게 아니었어. 개, 고양이, 귀뚜라미, 두꺼비, 심지어는 빗줄기 소리와 나뭇가지가 바람에 움직이는 소리에도 귀를 기울였대. 그러면 개, 고양이, 귀뚜라미, 두꺼비, 심지어는 빗줄기와 나뭇가지 그리고 바람까지도 자기만의 독특한 방식으로 모모에게 말을 걸었다는 거야. 모모에게 무슨 대단한 신통력이 있어서가 아니었어. 모모가 가진 비결이라곤 '진심으로 귀를 기울이는 것' 뿐이었으니까.

　너무 시시하다고? 하지만 진심으로 귀를 기울이는 일이 쉽지 않다는 걸 친구들도 알고 있을 거야. 누군가의 말을 듣는 일보다는 내가 말하는 게 훨씬 재미있잖아. 그래서 친구들과 대화할 때에도 친구 말에 귀 기울이기보다는 내가 무슨 말을 할까를 골똘히 생각하게 되지. 이건 어른들도 마찬가지야. 이따금 시사 토론 프로그램을

시청하다 보면 다른 사람의 말은 통 듣지 않고 자기 말만 하는 사람, 다른 사람의 말이 채 끝나지도 않았는데 얼른 말을 가로채는 사람들이 은근히 많더라고. 그러다가 꼭 얼굴을 붉히면서 싸우고 말이야. 큭큭.

누군가의 말을 듣는 건 누구나 다 하지만 생각만큼 쉬운 일은 아닌 것 같아. 그래서 다른 사람의 말을 진심으로 귀 기울여 들어 주는 모모의 능력이 놀라운 거지. 누군가의 말을 듣기만 해도 그 사람에게 좋은 생각이 떠오르고, 싸움을 그치고, 용기가 생긴다면 참 근사하겠지? 또 나무와 새와 풀과 바람의 목소리를 들을 수 있다면 세상이 달리 보이겠지?

우리도 한번 연습해 볼까? 매일매일 집 안에 있는 화분이나 동물들의 소리에 귀를 기울여 보는 거야. 바람 소리에도 귀 기울여 보고, 또 부모님과 친구들의 이야기에도 진심으로 귀 기울여 보는 거야.

진심으로 귀 기울인다는 게 어떤 건지 잘 모르겠다고? 아주 간단해. 일단 누군가가 내게 이야기를 하면 최대한 집중해서 열심히 듣는 거야. 그래야 그 사람이 하는 이야기의 내용이나 의도를 잘 이해할 수 있거든. 자신의 이야기를 남에게 털어놓을 땐, 어떤 해답을 바라기도 하지만 그보다 공감이나 동의를 바라는 경우가 많으니까.

상대방의 이야기에 집중하지 않고 건성으로 듣거나 딴생각을 하게 되면, 적절하게 반응할 수 없겠지. 말하는 사람은 듣는 사람이 자기 이야기를 잘 듣는지 딴생각을 하는지 금방 알아차리거든. 친구들도 그런 경험 있지? 내가 무슨 말을 할 때 어떤 친구는 열심히 들어주는 것 같은데 또 어떤 친구는 건성으로 듣는 것 같다는 느낌이 들잖아? 어떤 분위기나 느낌은 말로 하지 않아도 금세 알아차리게 되니까.

누군가의 말에 진심으로 귀를 기울이는 또 하나의 방법은 내가 말하는 그 사람이라는 기분으로 듣는 거야. 즉 말하는 사람의 입장이 되어서 지금 듣는 이야기가 바로 내 이야기라고 생각하고 들으면, 더 진지하게 집중하면서 들을 수 있어. 내 이야기라 생각하면, 그 이야기가 슬픈 내용이면 나도 슬퍼지고 기쁜 내용이면 나도 기뻐지겠지.

그러니까 어떤 점에선 잘 듣기만 해도 다른 사람이 되는 경험을 하는 셈이기도 해. 앞으로 우리가 읽는다는 것에 대해 좀 더 자세히 이야기를 할 때, 다른 사람이 되는 경험에 대해 다시 생각해 볼 거야.

정리하면, 누군가의 말에 진심으로 귀를 기울인다는 건 누군가에게 공감한다, 혹은 다른 사람의 입장이 되어 본다, 나아가 나 아닌 다른 존재가 되는 경험을 한다는 것을 뜻해. 모모는 사실 이런 일들을 한 거야.

마법에 걸린 내 눈: 글자와 사귀기

너무 오래되어서 잘 기억이 날지 모르겠지만 한번 떠올려 봐. 우리가 말을 배우면서 제일 먼저 했던 말이 뭐였더라? 아마 '엄마' 아니었을까? 왜 하필 '엄마'라는 말을 가장 먼저 할까? 나를 낳아 준 사람이 엄마라서? 엄마가 먹을 것도 주고 항상 옆에 있으니까? 물론 맞는 말이야. 하지만 더 정확한 대답은 우리가 태어나서 그때까지 가장 많이 들었던 말이 '엄마'이기 때문이야.

아기를 돌보는 엄마의 모습을 한번 상상해 봐. 아기가 알아듣든 그렇지 않든 간에 계속 '엄마'라는 말을 반복하잖아. "엄마 여기 있네.", "엄마가 맘마 줄까?", "엄마가 우리 아가를 얼마나 사랑하는데." 그렇게 자주 듣다 보면 아기는 어느 날 갑자기 '엄마'라는 말을 따라 하게 되지. 그리고 그다음으로 자주 듣는 아빠, 맘마, 이런 말들을 하겠지. 이런 식으로 하나 둘씩 말을 배우게 되는 거야.

말을 배워서 의사소통을 할 수 있게 된 다음에 글자를 익히게 되지. 친구들은 글자를 처음 배웠을 때 어떤 기분이었어? 내 입에서 나오던 소리들이 글자로는 이렇게 쓴다는 사실이 무지 신기해서 글자들을 자꾸 들여다보지 않았어? 글자를 몰랐을 땐 그냥 하나의 그림이나 기호처럼 보였던 것들이 드디어(!) 의미가 담긴 글자로 다가왔고, 내 눈으로 그걸 읽을 수 있다는 사실이 참 놀랍잖아. 마치 내 눈이 마법에 걸린 것 같다고나 할까.

　이런 경험도 있을 거야. 엄마 손을 잡고 길을 걷다가 아는 글자가 나타나면 큰 소리로 말하지. "자. 동. 차. 정. 비. 소" "우. 리. 미. 장. 원" 그러다가 모르는 말이 나오면 엄마한테 여쭤 보는 거야. "그런데 엄마, 정비소가 뭐예요?" 그러면 엄마는 또 질문에 친절하게(어떨 때는 퉁명스럽게) 대답해 주시지. 글자를 보이는 대로 다 읽고, 모르는 것은 물어보고, 이런 식으로 공부가 시작되었던 것 같아.

우리에게 첫 번째 책은 거리의 간판들이 아니었을까? 그 뜻을 알든 모르든 아는 글자를 만났다는 반가움에 무작정 읽고 또 읽으며 다니잖아. 그러다가 집에 날마다 배달되는 신문을 들여다보기도 했겠지. 어른들만 이해할 수 있는 어려운 얘기들도 많고, 글자 크기도 너무 작지만 아는 글자를 찾아보는 재미가 쏠쏠하지.

그 전에는 엄마나 아빠 혹은 어른들이 읽어 주시는 동화책을 듣기만 했었잖아. 그런데 글자를 알게 되면 내 맘대로 보고 싶은 책을 볼 수 있어서 참 신 나지. 동물들이 그려진 그림책을 보며 이건 곰인데 곰을 이렇게 쓰는구나, 병아리라는 글자는 이렇게 생겼구나, 하고 배워 가는 거지. 예전엔 그림만 보던 그림책도 이젠 글자를 보고 읽게 되니까 새롭게 다가왔을 거야. 정말이지 글자를 배운다는 건 신비로운 일이야. 세상이 새롭게 보이니까!

세계를 읽는 즐거움

'읽는다'라는 글자 앞에는 무슨 말들이 오지? 모두 이구동성으로 "책!" 하고 외치는 소리가 들리네. 그래 맞아. 우리가 무엇인가를 읽는다고 할 때, 가장 먼저 떠오르는 것은 책이나 글이야. 사전에 나온 '읽다'의 뜻풀이 1번도 '글을 보고 그 음대로 소리 내어 말로써 나타내다.'야. 그런데 잘 생각해 봐. 우리가 읽는 것은 책 혹은 글자만이 아니란다. 눈으로 볼 수 있다면 우리는 무엇이든지 읽을 수 있지.

책이나 글자 말고 우리 눈으로 가장 많이 읽는 건 뭘까? 사람의 얼굴, 특히 표정이나 분위기 같은 것이 아닐까? 사람의 생김새는 거의 변하지 않지만 표정이나 분위기는 기분이나 몸 상태에 따라 자주 바뀌지. 표정은 그 사람의 기분이나 마음 등 눈에 안 보이는 부분을 드러내 주기 때문에 우리는 자주 누군가의 표정을 읽어. 학교에서 선생님께서 "얘들아 조용히 해!"라고 말씀하시면 선생님 표정부터 살피잖아. 지금 화가 나셨나? 아닌가? 하면서 말이야.

또 장기나 바둑을 두어 본 친구들은 알겠지만 상대방의 '수를 읽는다'라는 말을 써. 내가 어디에 말이나 돌을 놓으면 상대방이 어떻게 공격하거나 방어하리라고 예측하는 거야. 보통 사람들은 두 수나 세 수 앞만 읽어도 대단하다고들 하는데 이세돌이나 이창호 같은 명인들은 그보다 몇 배나 많은 수를 읽는다고 하지. 눈으로 보는 것은 아니지만, 앞으로 펼쳐질 바둑판이나 장기판의 형세를 미리 머릿속으로 꼼꼼하게 따져 본다는 점에서 '읽는다'고 말하는 거야.

피카소의 작품 중에 「게르니카」라는 그림이 있어. 제2차 세계 대전 중에 스페인에서 벌어졌던 내전을 주제로 그린 그림이야. 피카소는 이 비극을 한 장의 그림으로 보여 주면서 전쟁의 참상을 고발하고 평화를 주장했지. 그림을 보면, 아이의 시신을 들고 눈물 흘리는 어머니도 보이고, 횃불을 든 사람도 보이고, 등불도 보이고, 군홧발도 보여. 이런 각각의 이미지가 무슨 의미인지, 어떤 느낌인지를 알면, 우리는 화가가 전달하고자 하는 메시지를 잘 이해하는 거야.

이렇게 무엇인가에 담긴 뜻을 헤아려 알게 될 때도 우리는 '읽는다'라고 해. 그림을 읽는다, 영화를 읽는다 하는 식으로 말이야.

때때로 우리는 그림이나 사진이 글자가 함께 표현된 것도 읽곤 해. 가장 먼저 떠오르는 건 만화! 만화는 글자가 그림을 설명해 주기도 하고, 그림이 글로 써 놓은 것을 선명한 이미지로 보여 주기도 하지. 글과 그림이 함께 놓여 새로운 의미를 만들어 내기도 해. 에반게리온이 하늘을 날아가는 장면을 보는데 '휘이익~'이라던가 '슈~웅'이라는 글자가 없으면 얼마나 심심하겠어? 또 만화책에 대사가 한마디도 없다면 얼마나 밋밋하고 허무하겠어. 만화가 재미있는 이유는 글자와 그림을 동시에 읽을 수 있기 때문일 거야.

신문이나 잡지의 광고도 이미지와 글자가 함께 나오는 경우야. 오렌지 주스를 마시고 있는 어린이가 나오는 광고가 있다고 해 보자.

광고를 만드는 사람들은 사람들의 마음을 사로잡을 수 있는 문구를 집어넣으려고 애를 쓰지. '자연을 마신다.'라든가, '명품 주스가 명품 아이를 만든다.'라든가 하는 식으로 말이야.

주스 한 잔 마신다고 사람이 무슨 명품이 되겠어? 단지 그런 자극적인 말로 그 상품을 사고 싶게 만드는 거지. 그러니까 우리는 광고를 보기만 하지 말고 잘 읽어야 해. 그 안에는 물건을 사고 싶게 유혹하는 이미지와 글자들이 득실득실하니까.

인터넷이나 휴대 전화로 대화를 주고받다 보면 글자만으로 내 기분이나 감정을 잘 전달할 수 없을 때가 많잖아. 그래서 자주 사용하는 것이 바로 이모티콘이야. ^^은 웃는 모습, T.T은 눈물 흘리는 모습, ^^;; 은 민망하게 웃으며 땀 흘리는 모습, -.-은 시무룩한 모습 등등. 아까 우리가 표정을 읽는다는 얘기를 했지? 얼굴을 마주하지 못한 상태에서 내 표정을 보여 주는 게 이모티콘인 거지. 이모티콘과 함께 글자를 읽으면 기분까지 느껴지잖아.

어떤 사물의 가장 핵심적인 성격을 단순한 이미지로 표현한 것을 우리는 '기호'라고 불러. 이모티콘도 일종의 기호라고 할 수 있지. 길에 나가면 아주 많은 기호들이 있어. 십자가는 교회를 나타내는 기호, 신호등의 빨간불은 멈춰 서라는 기호, 도로 바닥에 쓰여 있는 ↑은 직진하라는 기호 등등. 이런 기호들은 글자는 아니지만 어떤 의미를 표현하는 사회적인 약속이야. 그렇기 때문에 기호들은 누구나 쉽게 읽을 수 있도록 가장 단순한 형태로 표현된단다.

또 야구나 축구 경기 중계에서, 해설자가 경기의 '흐름을 읽는다'고 자주 말하는데, 눈앞에 펼쳐진 상황만 보는 게 아니라 그 상황이 어떤 의미를 지니는지, 어떤 결과로 연결되는지를 따져 보는 것을 말해.

생각해 보면 눈으로 보는 모든 것들을 우리는 읽고 있는 셈이야. 그런데 '본다'는 것과 '읽는다'는 건 좀 다른 것 같지? 본다는 것이 겉으로 드러난 어떤 모습 자체를 그야말로 보는 것이라면, 읽는다는 것은 좀 더 주의를 기울여서 들여다보는 것, 그 안에 담긴 의미라든가 의도까지도 이해하는 것을 뜻해.

눈에 보이는 대로 보는 것에 만족하지 말고, 어떤 사물이나 모양, 글자의 의미나 그 속에 숨은 뜻을 이해하려고 애쓰면 더 많은 것들이 우리 눈에 보인단다. 그만큼 더 많이 알게 되는 거고. 무엇인가를 자꾸 읽어 나가다 보면, 말 못하는 사물이나 다른 생명들의 이야기도 들었던 모모처럼, 우리는 보이지 않는 수많은 것을 읽을 수 있을지도 몰라.

● 전기수(傳奇叟), 책 읽어 주는 사람

서울 광화문 광장에서 전기수가 역사 이야기를 들려주며 옛 문화를 재현하고 있다.

조선 시대 후반이 되면 『심청전』, 『춘향전』, 『홍길동전』, 『임경업전』 등등 소설들이 마구 쏟아져 나왔고 폭발적으로 인기를 끌었지. 그런데 글을 읽거나 쓸 줄 알았던 양반들은 모두 어려운 한자로 된 『사서삼경』 같은 책만 읽을 뿐, 한글로 된 소설들은 거들떠보지도 않았어. 상민들은 글을 배울 기회가 많지 않았으니 책을 읽고 싶어도 읽을 수가 없었고.

이런 상황에서 어떻게 한글로 된 소설들이 인기를 끌 수 있었냐고? 그건 바로 '전기수'라고 불리는 책 읽어 주는 사람이 있었기 때문이었지. 전기수는 사람들의 왕래가 많은 거리나 어떤 집 사랑방 등 사람들이 모이는 곳에 가서 이야기책 읽어 주는 것을 직업으로 삼았던 사람이야.

전기수 중에는 책을 읽어 주는 강독사, 책의 내용을 이야기 형식으로 들려주는 강담사, 그것을 창으로 노래하며 들려주는 강창사 등이 있었고, 부인과 처녀들을 위해서 글을 읽어 주는 여자 전기수도 있었어.

이 전기수들이 글을 읽는 기술이 얼마나 교묘했냐면 즐거운 내용을 읽으면 듣는 사람들이 다 같이 박장대소하고 슬픈 내용을 읽으면 또 다 같이 눈물을 흘리곤 했대. 또 가장 흥미진진한 부분에서 갑자기 글 읽기를 뚝 그쳐 듣는 사람들의 애를 태우곤 했는데, 그러면 사람들이 "잘한다." "계속해라."고 하면서 엽전을 던져 주면 또 신명이 나서 열심히 글을 읽곤 했어.

이렇게 여러 사람에게 책 읽어 주는 문화는 그 이후에도 계속되었나 봐. 어린이날을 만든 소파 방정환 선생님도 책 읽어 주기의 달인이었대. 얼마나 실감나게 글을 읽었던지, 비쩍 마른 사람이 추위에 벌벌 떠는 부분을 읽으며 흉내 내면 뚱뚱한 방정환 선생님이 비쩍 마른 사람처럼 보이고, 듣는 사람까지 오싹한 추위를 느낄 정도였다나.

우리가 소리 죽여 눈으로만 보던 책을 '듣는' 일도 재미있겠지? 요즘에는 작가 낭독회 등 책을 읽어 주는 행사들이 제법 열리니까 기회가 되면 꼭 찾아가 보렴. 아주 새로운 경험일 거야.

온몸으로 소리 내어 읽으면

글자를 소리로 바꾸는 순간 : 낭독의 즐거움

자, 친구들 우리 어린 시절로 되돌아간 마음으로 재미있는 동시 한 편 읽어 볼까? 제목은 '멧돼지는 씩씩하다'이고, 최승호 시인이 쓰신 시야.

씩 씩 씩 씩
나 씩씩하니?
씩 씩 씩 씩
씩 씩 씩 씩

그만 좀 씩씩해라
멧돼지야 너 지금
압력 밥솥처럼 씩씩해

제목이 '멧돼지는 씩씩하다'여서 용감하게 앞으로 돌진해 가는 멧돼지의 모습을 상상했는데, 가만히 읽어 보니까 그게 아닌 것 같네.

친구들은 멧돼지 본 적 있어? 멧돼지는 성격이 순한 것 같진 않아. 늘 좀 화가 난 듯한 인상이거든. '씩씩씩씩' 하는 소리를 내고 있어서 그런가?

'씩씩씩씩' 소리를 내면서 멧돼지가 물어보잖아. "나 씩씩하니?" 하고. '씩씩하다'라고 하면 굳세고 용감한 모습이 떠오르는데, 이 동시 속의 멧돼지는 그런 모습은 아니지. 그냥 '씩씩씩씩' 소리만 내고 있을 뿐이잖아. 그러니까 멧돼지의 말을 들은 어떤 친구가 이렇게 말해. "그만 좀 씩씩해라 멧돼지야 너 지금 압력 밥솥처럼 씩씩해." 라고 말이야.

멧돼지는 자기가 씩씩거리는 소리를 내면 씩씩해 보일 거라고 생각했는데, 그걸 듣는 친구의 귀엔 압력 밥솥에서 수증기 빠질 때 나는 '씩씩' 소리처럼 들렸나 봐. 압력 밥솥처럼 씩씩하다니! 무섭고 사나울 것 같은 멧돼지가 갑자기 귀엽게 느껴지지 않아?

이제 이 동시를 그냥 눈으로만 읽지 말고, 소리 내서 입으로 읽어 보자. 멧돼지가 씩씩씩씩 하고 소리 내는 부분은 정말 멧돼지가 된 것처럼 약간 뽐내면서 굵은 목소리로 읽어 보고, "그만 좀 씩씩해라" 하는 부분을 읽을 땐 약간 놀리듯이 읽으면 더 재미있을 거야.

자, 어때? 어떤 글이나 책은 이렇게 감정을 살려서 소리 내어 읽으면 훨씬 재미있고 이해도 더 잘 된단다. 우리가 어렸을 때 어른들이 들려주는 옛날이야기나 동화가 재미있다고 느꼈던 것도 어쩌면 글자가 사람의 목소리로 바뀌면서 분위기와 느낌이 생생하게 전해지기 때문이 아닐까? 소리 내어 읽으면 책 읽기가 더 즐거워질지도 몰라. 내가 나에게 이야기를 들려주는 거지. 글에 등장하는 사람이나 동식물 혹은 사물들이 된 것처럼 내가 느끼는 대로 목소리에 감정을 담으면서 읽어 보는 거야.

이번에는 다른 글을 읽어 볼 텐데 어떤 분위기인지, 어떤 목소리로 읽으면 좋을지 한번 생각해 봐.

아, 내 죄 썩은 내가 하늘까지 나는구나. 난 인류 최초의—형제를 죽인 저주를 받고 있다. 난 기도할 수 없다. 물론 의향은 의지만큼 뚜렷하나, 더 강한 죄의식이 내 강한 의도를 꺾어 버리니. (…) 허나 아, 어떤 기도가 내게 맞을까? '더러운 살인을 용서하소서?' 그건 안 돼. 왜냐하면 난 내가 저지른 살인의 결과를—내 왕관과, 내 야망과, 내 왕비를 아직도 소유하고 있으니까. 사면받고 범죄의 혜택을 누릴 수 있을까? 이 세상 부패한 흐름 속에서는 금칠한 죄의 손이 정의를 밀치고, 사악한 이득 그 자체가 법을 매수하는 걸 자주 본다. 그러나 저 위에선 안 그렇다. 거기에는 속임수란 없으며, 그곳에선 행위의 진정한 성격이 드러나, 우리는 과오의 이빨에서 이마까지 증거를 내놓도록 강요받는다. 그럼 어떡해? 뭐가 남았나? 참회로 되는 걸 해 봐. 그걸로 뭘 못해? 허나 그걸로 뭘 해? 참

회할 수 없는데? 오 비참한 처지! 오, 죽음처럼 검은 가슴! 오 끈끈이 밟은 영혼, 벗어나려 애쓸수록 더 잡히네!

"죽느냐 사느냐 그것이 문제로다."

누가 한 말인지 아는 사람? 아, 어떤 문학 소년이 수줍게 대답하는 소리가 들리네. 맞아, 햄릿! 덴마크의 왕자인 햄릿이 왕이었던 아버지가 삼촌에게 살해당했다는 사실을 알고, 어떻게 복수해야 할지 갈등하면서 하는 대사지. 『햄릿』은 영국의 작가 셰익스피어의 유명한 희곡이야.

우리가 방금 읽은 글도 『햄릿』의 한 부분이야. 햄릿의 대사는 아니고, 형을 살해하고 형수와 결혼한 햄릿의 삼촌, 덴마크 왕의 대사야. 햄릿 입장에서 보면 아버지를 죽이고 자기 자리를 차지한 원수이고, 제3자 입장에서 보기에도 아주 나쁜 악당이지. 그런 인물이 혼자서 괴로워하는 장면이야.

왕은 무엇 때문에 괴로워할까? 물론 자신이 지은 죄 때문에 괴로워하겠지. 그런데 왕이 진짜 괴로운 이유는 따로 있어. 자신이 죄를 지었다는 사실도 알고, 참회를 하고 벌을 받으면 된다는 사실도 알지만 그렇게 하고 싶지 않기 때문이야. 왜냐면 저 대사에 나왔듯이 살인의 결과인 왕관과 야망 그리고 왕비가 여전히 자기 것이고, 앞으로도 버릴 마음이 없으니까. 또 인간들이 만든 법을 집행한다고

해서 자신이 지은 죄가 온전히 사라지지 않는다는 사실도 괴롭고, 신에게 기도하며 참회하는 것은 할 수도 없고 하고 싶지도 않다는 것도 괴로운 거지.

이런 갈등을 가진 인물, 커다란 죄를 지었고 자신의 죄를 아주 잘 알지만 욕심 때문에 참회하지도 못하는 인물의 목소리는 어떻게 내어야 할까? 자, 친구들은 어떻게 낼 거야? 어떤 목소리를 내든 일단은 이 인물의 상태, 즉 그가 처한 상황과 과거에 그가 저질렀던 사건, 그리고 현실적인 지위와 마음의 갈등 같은 것들을 잘 이해해야 그에 알맞은 목소리를 상상할 수 있겠지.

자신이 지은 죄가 너무 끔찍해서 벌벌 떨면서도, 그 죄를 짓게 만든 왕위와 왕비를 포기하지 못하고 갈등하면서 탐욕스러운 자신이 부끄럽지만 왕이기 때문에 아무에게도 내색할 수 없어. 그래서 혼자 있을 때만 괴로워하는 거야. 그런 심정으로 읽어야 왕의 고민과 공포가 내 목소리를 통해 흘러나오겠지. 한마디로 내가 덴마크 왕이 되어야 덴마크 왕의 목소리를 낼 수 있다는 말씀.

소리를 내어 읽는다는 건 그러니까 그냥 목소리를 내서 글을 읽는 수준을 넘어서 자신이 읽고 있는 글의 의미를 잘 생각하고 이해하며 읽는다는 것을 뜻해.

읽는 거야, 노래 부르는 거야?

글로 된 읽을거리들 중에서 입으로 소리 내어 읽으면, 그 의미가 더잘 다가오는 것이 있다면 그건 뭘까? 앞에서 우리가 읽었던 두 개예문, 즉 시와 희곡일 거야. 둘 다 어떤 목소리가 직접적으로 연상되니까 말이야. 시에는 말하고 있는 목소리의 주인공인 시적 화자가 있고, 희곡은 특정한 성격을 가진 인물들의 대사로 이루어져 있으니까.

　시와 희곡은 역사가 아주 오래되었어. 서양에서 문자로 기록된 것중에서 가장 오래된 문학 작품이라고 하는 호메로스의 『일리아스』와 『오디세이아』도 읽어 보면 아주 긴 시거든. 하나의 스토리가 있

● 호메로스의 「오디세이아」와 고전 읽기
「오디세이아」는 「일리아스」와 함께 서양 문학에서 가장 오래된 서사시로 손꼽히는 작품이야.
고대 그리스의 시인 호메로스가 기원전 8세기 무렵에 지은 걸로 알려져 있는데, 호메로스는
아리스토텔레스가 「시학」에서 극찬했을 정도로 뛰어난 시인이었어.

('책 읽기 작은 사전(125쪽)'에서 이어집니다.)

는 서사시.

아주 오래전에, 그러니까 아직 글자가 만들어지기 전에도 사람들은 뭔가를 읽었을까? 물론이야. 앞에서 잠깐 얘기했던 것처럼 우리는 글자만 읽는 게 아니니까. 오히려 그 시절의 사람들은 지금보다 더 많은 것들을 읽었어. 하늘에 떠 있는 별의 위치를 보고 동서남북 방향을 읽기도 했고, 나뭇가지가 흔들리는 모양을 보며 바람의 속도를 읽기도 했고, 새들이 하늘을 나는 모습을 보고 날씨를 읽기도 했어.

글자가 있었더라면, 보고 듣고 느낀 것들을 더 많이 남길 수 있었을 텐데 그러지 못해 아쉬웠겠지. 그래서 어떻게 했게? 사람들은 노래를 불렀어. 후손들에게 전해 줄 중요한 내용이 있거나 표현하고 싶은 게 있을 때, 그걸 노래로 만들어서 기억했던 거야. 그냥 무조건 암기하는 것보다는 중요한 내용을 가사로 만들고 거기에 곡을 붙이면, 오래 기억할 수 있고 전달하기도 쉬웠을 테니까. 우리도 마찬가지야. 노래까지는 아니더라도 멜로디가 약간만 붙으면 훨씬 잘 외워지잖아. 구구단 같은 거 말이야.

옛날 옛적에, 가락국이라는 나라가 있었어. 왕이 없었던 그 나라는 아홉 명의 추장이 각각 마을을 다스리고 있었지. 어느 날 아홉 명의 추장이 온 나라 백성들을 구지봉이라는 곳에 모아 놓고, 땅을 두드리며 노래를 부르라고 시켰어. "거북아, 거북아, 머리를 내놓아라, 내놓지 않으면 구워서 먹으리."라는 노래였지. 백성들이 한꺼번에 "거북아, 거북아 머리를 내놓아라." 하고 노래를 하니까 하늘에서 황금알 여섯 개가 내려와 멋진 청년으로 변했고 그들이 가락국을 여섯 개로 나눠서 다스렸대. 그중 가장 큰 알에서 나온 사람이 바로 가야의 시조로 알려진 수로왕이야.

그러니까 그 노래는 왕을 보내 달라는 가락국 사람들의 소망을 담은 노래였던 거야. 지금까지 전해 내려오는 우리나라의 집단 가요 중에서 가장 오래된 것인데, 한동안 입에서 입으로 전해 내려오다가 고려 시대에 일연 스님이 『삼국유사』라는 책에 문자로 남겼지. 물론 그 어렵다는 한자로 말이야. 아 참, 이 노래의 제목은 '구지가'라고 해. 오늘날처럼 온갖 미디어에서 매일매일 신곡들을 들려주는 것도 아니고, 작곡가나 가수가 따로 있는 시대도 아니었으니까 사람들은 한동안 노래를 부를 만한 일이 있을 때마다 이 노래를 자주 불렀을 거야.

그런데 이 노래의 가사가 어쩐지 좀 시 같다는 느낌이 들지 않아? 생각해 보면, 노래들의 가사는 시와 비슷해. 그건 시의 출발이 노래였다는 걸 암시한다고 할 수 있어.

조선 시대에 선비들이 썼던 시조 알지? 시조는 시의 일종이지만 사람들은 시조를 문자로 기록하는 걸로 만족하지 않았어. 시조는 자주 노래로도 불렸는데 그걸 시조창이라고 하지. "태산이 높다 하되 하늘 아래 뫼이로다."로 시작하는 시조 들어 봤어? 옛날 선비들은 이런 시조를 한 수 지어서 경치 좋은 곳에 가서 낭랑한 목소리로 노래를 부르곤 했대. "태사아아아안이~~ 높오오옵다 하아되~~" 하면서.

노래에서 시가 만들어지고 그 시를 다시 문자로 기록한 걸 지금 우리는 읽게 된 거야. 그러니까 이런 시들은 낭송을 하면 훨씬 그 맛이 잘 살아나고 마음에도 깊이 와 닿겠지. 물론 모든 글자는 다 소리 내어 입으로 읽을 수 있지만 말이야.

그런데 친구들, 입으로 소리 내어 읽는다는 말을 어떨 때는 '낭송'이라고 하고, 또 어떨 때는 '낭독'이라고 하는데 그 둘이 어떻게 다른지 알아?

'낭송'은 한자로 '朗誦'이라고 쓰는데 '誦'은 '외우다', '노래하다'는 뜻이 있어. 그래서 노래처럼 일정한 리듬을 갖고 있는 글을 읽을 때 쓰는 말이야. 대표적인 예로 시 낭송이 있겠지. 반면 낭독은 어떤 글이든 상관없이 그저 소리 내어 읽는다는 의미로 사용해. 그러니까 시든 소설이든 신문 사설이든 논문이든 광고지든 글의 성격에 상관없이 모든 글은 소리 내어 낭독할 수가 있는 거야.

그런데 나는 낭독하기 싫은 게 딱 하나 있어. 그게 뭐냐고? 뭐긴 뭐야, 내 일기지!

몸은 기억하고 있다

소리 내서 글을 읽으면 왜 집중도 더 잘되고 재미있게 느껴질까? 그건 소리를 내서 글을 읽는 것이 몸 전체로 하는 운동이기 때문일 거야. 소리 내어 글을 읽을 때 어떤 모습인가 가만 생각해 봐. 글을 눈으로 보고, 성대를 울려서 입으로 소리를 내고, 또 그 내용을 머릿속으로 그려 보고, 소리를 내기 위해 배에 힘을 주고, 손으로는 글자가 쓰여 있는 종이나 책을 잡고……. 소리 내어 읽기 위해 거의 몸 전체를 사용한다고 해도 지나친 말이 아니지.

이렇게 몸 전체를 사용해서 소리를 내어 글을 읽으면 우선은 내 몸이 글을 읽기 이전과는 달라질 거야. 그리고 그 소리가 내가 글을 읽고 있는 방 안을 진동시키면서, 누군가 듣고 있다면 그 사람의 기분이나 몸 또한 바꾸게 될 거야. 물론 아주 작은 진동과 변화라서 쉽게 느끼지 못할지도 모르지만.

무슨 소리인지 잘 모르겠다고? 그럼 노래 부를 때를 한번 생각해 봐. 가수 특히 그중에서도 성악가가 어떻게 노래를 부르는지 아니? 창법에 따라 조금씩 다르지만 가곡이나 오페라의 아리아를 부르는 대부분의 성악가들은 몸 전체로 노래를 한단다. 그래서 그 소리가 공간을 쩌렁쩌렁 울리곤 하지.

어떻게 소리를 만들어 내냐고? 일단은 배꼽 아래에서부터 기운을

끌어올리는 거야. 그 기운이 가슴과 코를 지나 머리를 한 바퀴 돌아 입으로 뿜어져 나올 때 하나의 소리로 바뀌는 거지. 성악가의 몸 전체를 울리면서 만들어진 소리는 몸 밖으로 나오면서 공간을 진동시키는 아름다운 노래로 바뀌는 거야.

그 노래를 듣는 사람은 어떨까? 정말 아름다운 노래를 들으면 온몸이 찌릿찌릿하곤 하잖아. 또 슬픈 노래를 들으면 내 마음도 슬픔에 빠지는 것 같고, 즐거운 노래를 들으면 나도 모르게 흥겨운 기분이 들지. 이건 가수가 노래를 잘 불러서이기도 하지만, 노래에 담긴 어떤 분위기가 공기를 타고 전달되면서 우리가 그것에 공감하기 때문이 아닐까?

소리 내어 책 읽기도 마찬가지야. 몸을 사용해서 공간을 진동시키고 듣는 사람의 마음을 움직인다는 점에서 노래와 비슷하지. 그리고 소리를

내서 글을 읽으면 그 내용이 머릿속에 저장
되는 것이 아니라 몸에 새겨진다고 할 수 있
어. 머릿속이 아니라 몸에 저장된다니 이게
무슨 소린가 싶지?

프랑스 소설가 마르셀 프루스트가 쓴 『잃어
버린 시간을 찾아서』라는 엄청 긴 장편 소설이
있는데, 들어 본 친구들 있니? 거창한 사건이
계속 벌어지는 흥미진진한 소설은 아니지만,
우리가 지금 이야기하고 있는 몸에 새겨진
기억과 관계된 이야기가 이 소설에서 중요하게
다뤄져. 주인공이 어느 날 마신 한 잔의
홍차 맛 때문에 그동안 잊고 있던
어린 시절의 기억을 다시 떠올리게
된다는 내용이 이 소설에서 아주
중요한 부분이거든. 어떤 내용인지
같이 볼까?

주인공 마르셀이 여느 때와
다름없이 산책을 마치고 집으로
돌아왔는데 어머니가 홍차와
마들렌 과자를 먹겠냐고

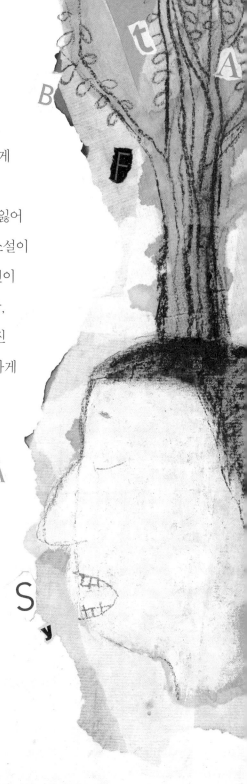

물어봐. 마르셀은 먹을까 말까 잠깐 망설이다가 어머니의 성의를 봐서 먹기로 하지. 그런데 아무 생각 없이 한 모금 마신 홍차의 맛 때문에 마르셀은 엄청난 경험을 하게 돼. 그 시절에 맛보았던 것과 비슷한 한 모금 홍차의 맛이 몸속 어딘가에 저장되어 있던 어린 시절의 기억을 깨운 거야. 마르셀은 그 경험을 이렇게 표현해.

"과자 부스러기가 섞여 있는 한 모금의 차가 입천장에 닿는 순간 나는 소스라쳤다. 나의 몸 안에 이상한 일이 일어나고 있는 것을 깨닫고, 뭐라고 형용키 어려운 감미로운 쾌감이, 외따로, 어디서인지 모르게 솟아나 나를 휩쓸었다."

그 홍차 맛은 마르셀의 몸, 그중에서도 미각 속에 숨어 있던 기억을 깨우고, 어린 시절의 어떤 시간으로 마르셀을 갑자기 데려가게 되지. 어떤 시간이었냐고? 가족들과 함께 산책을 하고, 간식으로 홍차와 마들렌 과자를 먹고, 잠들기 전 어머니와 함께 침대에 앉아 소리 내어 동화책을 읽던 바로 그 시간이었어. 그 기억이 얼마나 생생한지 어머니와 함께 어떤 동화책을 어떤 목소리로 읽었는지까지 마르셀은 다 기억해 내지.

친구들도 이런 경험이 분명 있을 거야. 어떤 노래를 들으면 예전에 그 노래를 함께 듣던 친구와의 일이 떠오르거나, 어떤 아이스크림을 먹을 때면 그 아이스크림을 처음 맛보았을 때의 기분이 되살아나거나, 어떤 냄새를 맡으면 그 냄새와 관계된 풍경이 머릿속에 그려진다거나 말이야. 몸에 새겨진 기억은 이렇게 생생해.

몸이 이렇게 기억을 잘한다면 이제는 머리를 쓰지 말고 몸을 써서 공부를 해 보는 건 어떨까? 머리보다 몸을 사용하는 게 왠지 더 쉬울 것 같지 않아? 우리 친구들, 암기하는 것 좋아해? 너무너무 싫다고? 시험 때마다 암기할 것이 너무 많아서 힘들다고? 하하. 그럴 만도 하지. 내가 어렸을 때, 그러니까 삼만 사천오백 년쯤 전에는 세상에 외워야 할 것이 별로 많지 않아서 천만 다행이었어. 요즘처럼 책도 많고 공부할 것도 많고 볼거리와 들을 거리들이 무궁무진한 세상에 사는 친구들은 정말 어떻게 그 많은 것들을 다 외우고 사는지 몰라.

그런데 뭔가를 외워야 할 때, 눈으로 가만히 보기만 하는 것보다 종이에 써 보기도 하고, 입으로 중얼중얼 하면서 외우는 게 훨씬 잘 외워진다는 사실을 알고 있니? 이런 방식이 바로 몸으로 기억하는 거야.

요즘 대한민국 모든 사람들의 걱정거리인 영어. 친구들은 영어 잘해? 불과 일이십 년 전까지만 해도 중학교에 들어가서나 영어 알파벳을 배웠는데, 요즘엔 한국어로 '엄마' 소리와 영어로 '마미' 소리를 함께 배운다면서? 흠. 이게 딱히 좋은 건지는 모르겠네. 모국어를 정확히 배워야 외국어도 잘할 수 있는 법이거든.

아무튼 영어를 처음 배울 땐, 좀 낯설잖아. 무조건 외워야 하는 것들도 많고. 원래 외국어를 배운다는 건 그런 거야. 논리적으로 고상하게 이해하기 이전에 일단 외워 줘야 하는 법이거든. 그 무조건 외우기란 바로 다름 아닌 소리 내어 여러 번 읽기와 같은 것이야. 우리 입에 말 혹은 단어가 착 달라붙어서 생각의 과정 없이 바로바로 입 밖으로 나올 때까지 계속 읽어 주는 거지.

옛날 우리 조상들은 몸으로 기억하기를 아주 잘 활용했어. 영화나 텔레비전 드라마에서 옛날 서당의 학동들이 함께 소리 맞춰서 "하늘 천, 따 지" 하고 천자문 읽는 장면을 본 적 있을 거야. 몸을 앞뒤 또는 좌우로 흔들기도 하면서 소리 내어 읽잖아. 혼자 있을 때도 마찬가지지. 선비들은 사랑방에 앉아서 "공자 왈, 맹자 왈" 하면서 소리 내어 글을 읽어서 바깥에서도 다 들리잖아.

옛날 우리 선조들에게 독서란 바로 이런 것이었어. 글자가 소리로 바뀌는 걸 들으면서 내 몸이 그 내용을 기억할 때까지 반복해서 읽는 거지. 이건 눈으로 보고 머릿속으로 하는 암기와는 달라. 입으로 말하고 귀로 들으면서 반복해서 글을 읽으면 그 내용이 내 몸 곳곳에 저장되거든. 그래서 아무리 시간이 흘러도 잊히질 않는 거야. 믿기지 않으면 친구들도 한번 해 보렴. 어떤 책이든지 소리를 내서 백 번만 읽어 봐. 아마 할아버지 할머니가 될 때까지 절대로 잊어버리지 않을걸?

너의 목소리가 들려

소리 내어 읽기는 몸으로 기억하기 말고 또 다른 중요한 의미가 있어. 학교에서 수업 시간에 같은 반 친구들과 목소리를 맞춰서 큰 소리로 글을 읽어 본 적 있지? 다 함께 소리 내어 글을 읽을 때 어땠는지 잘 생각해 봐.

혼자 낭독할 때와는 또 다른 느낌이었을 거야. 내 목소리가 가장 크게 들리긴 하지만, 다른 친구들의 목소리도 한꺼번에 들리잖아. 그때 내 귀에 들리는 친구들의 목소리는 한 사람 한 사람의 원래 목소리가 아니라, 다양한 목소리들이 합해져서 다른 더 큰 하나의 목소리처럼 들리지. 그래서 내 목소리도 왠지 그 큰 목소리의 일부처럼 느껴지고.

그런데 이때 누군가 특별히 더 크게 소리를 내거나 더 빨리 혹은 더 느리게 읽는다면 어떨까? 하나의 목소리처럼 들리던 소리가 흐트러지면서 어쩐지 흥이 깨지겠지. 마치 합창을 할 때 누군가 '삐익' 하고 잘못된 음정을 냈을 때처럼 우습기도 하고 말이야.

나 혼자 읽을 때야 어떤 목소리로 어떻게 읽든지 내 맘이지만 다른 사람들과 함께 읽을 땐 최대한 다른 사람들의 목소리, 속도, 크기에 귀 기울이면서 읽게 돼. 안 그러면 내 목소리만 너무 튀고 함께 읽는 분위기를 망치게 될 수도 있으니까. 그러니까 읽으면서 동시에 듣지 않으면 안 되는 셈이야.

다른 사람의 목소리에도 귀를 기울이며 내 목소리가 다른 사람의 목소리와 잘 어우러질 수 있도록 속도와 강약, 크기를 조절하며 동시에 읽기, 이것은 결국 평소의 내가 아닌, 완전히 다른 목소리를 내는 또 다른 내가 된다는 걸 의미하는 셈이야.

이번엔 한마음 한목소리로 소리 내어 읽는 아주 감동적인 장면을 소개할게.

영신은 창문을 말끔히 열어 젖혔다. 그리고 청년들과 함께 칠판을 떼어 담 밖에서도 볼 수 있는 창 앞턱에다가 버티어 놓고 아래와 같이 커다랗게 썼다.

'누구든지 학교로 오너라.'

'배우고야 무슨 일이든지 한다.'

나무에 오르고 담장에 매어달린 아이들은 일제히 입을 열어 목구멍이 찢어져라고 그 독본의 구절을 바라다보고 읽는다. 바락바락 지르는 그 소리는 글을 외는 것이 아니라 어찌 들으면 누구에게 발악을 하는 것 같다.

1935년에 발표된 심훈의 장편 소설 『상록수』에 나오는 아주 유명한 장면이야. 주인공 채영신이 농촌 마을 한 교회에서 사람들에게 한글을 가르치는데, 이를 못마땅하게 여기던 일본 관원이 교회 안에 80명 이외에는 단 한 사람도 들여보내지 말라고 명령했어. 그래서 한글을 배우러 온 학생들 중에서 몇 명은 교실 밖으로 쫓겨나게 되지. 그런데 그 쫓겨난 학생들이 교실 담장에 매달려서 어떻게 해서든 한 글자라도 배워 보려고 애를 쓰는 감동적인 장면이 펼쳐져.

그 모습을 본 영신은 창문을 열고 칠판을 떼어서 밖에서도 읽을 수 있도록 커다랗게 글자를 쓰고, 그것을 교실 안에 있는 학생과 교실 밖에 있는 학생들이 모두 한목소리로 크게 읽지.

"누구든지 학교로 오너라.", "배우고야 무슨 일이든지 한다."고 소리 내어 읽는 심정은 어떨까? 작가의 말을 빌자면 마치 누구에게 발악하는 것처럼 보일 정도로 학생들 모두가 한마음 한목소리로 글을 읽고 있어. 물론 여기서 그 누구는 바로 일본 제국주의겠지.

이렇게 여럿이 함께 글을 읽는다는 건 어떤 생각이나 분위기를 공유한다는 것, 즉 서로 같은 마음이 된다는 것, 글을 읽으며 점점 이전의 나와는 다른 내가 되어 간다는 것을 의미한다고 할 수 있어. 여러 친구와 함께 같은 책을 펴 들고 소리 내어 읽어 봐. 혼자 읽을 때

와 느낌이 어떻게 다른지 잘 살펴봐. 다른 친구들은 또 어떤 느낌이

었는지 이야기 나눠 보아도 좋을 거야.

● 세책가(貰册家), 조선 시대의 도서 대여점

조선 18세기 후반 작품 「태평성시도」 중 서점의 모습이다.
서점의 2층에서 책을 필사하고 있다.

읽고 싶은 책이 있을 때 친구들은 어떻게 해? 사서 읽거나 빌려서 읽겠지? 그런데 책 자체가 귀했고 지금처럼 도서관이나 도서 대여점도 없었던 조선 시대 사람들은 어떻게 책을 읽었을까?

공부하는 선비들은 자기가 보고 싶은 책을 소장하고 있는 누군가에게 빌려서 봤겠지. 그리고 그 책이 정말 마음에 들면, 깨끗한 종이 위에 붓으로 글자를 베낀 후 그것을 묶어서 책으로 만들어 놓고 주인에게 책을 돌려주었대. 이렇게 손으로 베껴서 만든 책을 '필사본'이라고 불러. 또 하나는 중국이나 큰 도시를 오가며 장사를 하던 중간 상인들에게 돈을 주고 책을 사 보는 방법도 있었지.

『심청전』이나 『춘향전』 등 이야기책을 주로 읽었던 그 시대의 여성들은 어떻게 책을 구했을까? 조선 시대 후반, 동네방네 다니며 책을 읽어 주던 전기수가 출현했던 그 무렵에 이야기책을 빌려 주는 도서 대여점 비슷한 '세책가'라는 가게가 생겨나기 시작했어. 그런데 여기서는 책을 빌려 주기만 한 것이 아니라 주인이 독자들의 구미에 맞게 내용을 슬쩍슬쩍 고치기도 했대.

세책가의 주요 고객들은 이야기책을 좋아하는 여성들이었지. 그런데 이들이 얼마나 이야기책 빌려 보기에 심취했는지, 책이라면 사족을 못 쓰던 선비 이덕무조차 부녀자들이 집안일을 게을리하면서 소설을 읽느라 가산을 탕진한다고 탄식했대. 실제로 어떤 부인들은 집에 있는 그릇이나 가구를 가져다주고 책을 빌려 보기도 했다지.

하지만 세월이 흘러 활판 인쇄가 활기를 띠기 시작하고 출판사들이 이야기책들을 찍어 내어 싼값에 보급하기 시작하자 세책가는 점점 줄어들게 되었대. 요즘은 학교에도 동네에도 도서관이 많이 생기고 책도 알차게 갖추었다니 친구들은 참 좋겠어. 시간이 지나고 사회가 변하면 책과 관련된 새로운 공간이 생겨날까?

침묵을 듣는 귀와 백지를 읽는 눈

나 혼자 대화하기 : 상상 가득 묵독

아마 '책을 읽는다'는 말을 들으면 혼자 조용히 앉아서 눈으로 글자를 읽는 모습을 상상할 거야. 우리는 대체로 이런 식으로 책을 읽곤 하니까. 그런데 옛날 선비들은 서당에서든 집에서든 어떤 책을 읽든지 낭랑한 목소리로 크게 낭독을 하는 게 책 읽기이고 공부라고 생각했는데, 우리는 언제부터 이렇게 눈으로만 책을 읽는 습관을 갖게 됐을까?

그건 말이지, 학교라는 공간이 생기고 나서부터야. 왜냐고? 생각해 봐. 학생들이 많이 모인 교실에서 각자 다른 책을 자기 마음대로 소리 내어 읽는다면, 시끄러워서 내가 읽는 책의 내용이 머릿속에 들어올 리가 없잖아. 쉬는 시간에 와글와글 떠드는 소리를 들으며 책을 읽을 때를 떠올려 봐. 집중이 전혀 안 되잖아. 그러니까 학교나 도서관 혹은 낯선 사람들이 함께 모이는 공공장소에서는 눈으로만 책을 읽는 게 좋겠다는 약속이 자연스럽게 생겨난 거야. 일종의 공중도덕 같은 거지.

소리를 내지 않고 속으로 글을 읽는 것을 '묵독'이라고 해. 그런데 입을 다물고 눈으로만 글을 읽으면 정말 아무 소리 없이 책을 읽는 걸까? 그렇지는 않아. 묵독을 할 때도 우리의 귀는 글자의 소리를 듣고 있어. 단, 그 소리는 다른 사람의 귀에는 안 들리고 나만 들을 수 있는 내 안의 소리야.

재미있는 건 입으로 소리 내서 글을 읽을 때는 모든 글자를 내 목소리로만 읽게 되지만, 묵독을 하면 글쓴이나 책에 등장하는 인물들의 목소리를 생생하게 들을 수 있다는 거야. 여자든 남자든 아이든 어른이든 어떤 목소리라도 자유자재로 상상하면서 그 목소리대로 읽을 수가 있는 거지.

"좋아. 그런데 네 이름은 뭐지?"

도로시가 물었다.

"틱톡입니다. 제 몸에 있는 태엽 장치를 감을 때마다 틱 소리가 났기 때문에 옛날 주인이 붙여 준 이름입니다."

"정말 그런 소리가 들리네."

노란 암탉이 말했다.

"나도 들려."

도로시는 이렇게 말한 다음 조금 걱정스러운 얼굴로 덧붙였다.

"너는 시끄럽게 굴지 않겠지, 그렇지?"

"네. 저는 결코 잠을 자지 않으니까, 언제든 당신이 일어나고 싶은 시간에 깨워 드릴 수도 있습니다."

도로시는 기뻐서 소리쳤다.

"그거 좋네. 나는 아침에 일어나기가 정말로 싫거든."

노란 암탉이 끼어들었다.

"내가 알을 낳을 때까지는 잠을 자도 돼. 알을 낳고 나서 내가 꼬
꼬댁 하고 울면 틱톡이 일어날 시간이 되었다고 알려 줄 거야."

"너는 알을 아주 일찍 낳니?"

도로시가 물었다.

"여덟 시쯤이야. 그리고 부지런한 사람이라면 그 시간쯤에는 다
일어나 있어야만 해. 당연히 말이야."

위의 글 제목이 뭔지 아는 사람? 오~ 어디선가 "오즈의 마법사!"
하고 외치는 소리가 들리는걸? 맞아. 이 글은 '오즈의 마법사' 시리즈
의 3권 『오즈의 오즈마 공주』의 한 장면이야. 우리가 잘 아는 『오즈
의 마법사』는 어느 날 회오리바람에 실려 오즈의 나라에 도착한 도로
시가 겁쟁이 사자와 허수아비와 양철 나무꾼을 만나서 함께 환상적
인 모험을 하는 이야기야. 들어 본 적 있지?

그리고 『오즈의 오즈마 공주』에는 헨리 삼촌과 함께 여행을 떠난
도로시가 배가 난파되는 바람에 다시 혼자서 오즈의 나라 옆에 있는
이브의 나라를 여행하는 얘기가 나오지. 위에 인용한 부분은 이브의

나라에 도착한 도로시가 노란 암탉과 기계 인간 틱톡을 만나는 대목이야.

　그런데 암탉하고 로봇이 사람 말을 하네. 동화의 세계에서나 가능한 일이겠지? 친구들은 이 암탉과 로봇이 어떤 목소리로 말을 할 것 같아? 성격은 또 어떻고, 생김새는 어떨 것 같아? 사람도 겉모습을 보고 그 사람의 성격이나 목소리를 상상해 보곤 하잖아? 책을 읽을 때도 마찬가지로 이런저런 상상을 하게 되지. 그리고 우리가 상상한 이미지에 걸맞은 목소리를 인물들의 대화에 부여하면서 읽는 거지.

　자, 친구들 한번 상상해 봐. 도로시와 암탉, 그리고 기계 인간 틱

톡이 어떤 목소리로 말할 것 같은지. 그리고 이번엔 목소리를 내지 말고 눈으로만 대화를 읽어 보자. 상상한 목소리가 귀에 들려? 어때, 참 신기하지 않아? 혼자서 글자를 읽을 뿐인데, 누군가 자꾸 내 귀에 대고 말을 하는 것 같지?

혼자서 고요하게 책을 읽을 때조차도 우리는 혼자가 아닌 셈이야. 책을 읽는다는 건, 그 책을 쓴 사람이 우리에게 말 거는 소리를 듣는 일이니까. 그런데 그건 입으로 서로 말을 주고받는 대화랑은 좀 달라. 보통 우리가 누군가와 대화를 나눌 때는 서로 말을 주거니 받거니 하지만 책을 읽을 때는 계속 글쓴이의 말을 듣기만 하는 셈이니

까 말이야. 하지만 듣기만 해도 별로 지루하진 않지. 왜냐하면 책 속에는 다양한 사람들과 동물들과 식물들이 등장하니까 하나의 목소리가 아니라 아주 다양한 목소리를 듣게 되거든. 그래서 우리는 책을 읽으면 혼자 있어도 절대 심심하거나 외롭지 않은 거야.

친구들은 지금 이 책을 읽으면서도 내 모습을 마음속에 그려 보고 목소리도 상상하고 있겠지. 삼만 오천 살도 넘는다고 했으니까 할머니나 할아버지 목소리로 읽고 있을까? 나이와 상관없이 내 말투 때문에 너희와 비슷한 또래를 상상하고 있을까? 궁금하다!

● 프랭크 바움의 '오즈의 마법사' 그리고 대중 매체와 함께 읽기

어떤 문학 작품은 영화나 연극 혹은 뮤지컬로 만들어진 것을 먼저 만나기도 해. 셰익스피어의 『햄릿』처럼 상연을 전제로 쓰인 희곡이나 아주 유명한 소설의 경우에는 "누구누구의 작품을 상연하는군." "영화로 개봉하는군." 하고 금방 알아차리기도 하지만, 드라마나 영화로 만들어진 작품들이 아주 큰 인기를 끌면 그 원작이 나중에 주목받는 경우도 많거든. 친구들은 영화나 연극, 뮤지컬을 보고 나서 그 감동이 쉽게 잊히지 않아 관련된 음반을 듣거나 원작 소설을 찾아서 읽어 본 경험 없어?

('책 읽기 작은 사전(126쪽)'에서 이어집니다.)

그건 그렇고, 자, 하나 더 읽어 볼까? 여기에는 한 사람의 목소리 즉 글쓴이의 목소리만 등장하는데 그 목소리가 어떤지 한번 잘 느껴 보렴.

용감한 자는 분노하면 칼날을 뽑아 더 강한 자에게 겨눈다. 비겁한 자는 오히려 칼날을 뽑아 더 약한 자에게 겨눈다. 구제할 수 없는 민족 중에는 틀림없이 아이들에게만 눈을 부라리는 영웅들이 많을 것이다. 이 비겁쟁이들! 아이들은 눈 부라림 속에서 자라나서 또 다른 아이들에게 눈을 부라리고, 더구나 자기들은 일생 동안 분노 속에서 보낸다고 생각한다. 분노가 겨우 이와 같을 뿐이므로 그들은 일생 동안 분노한다. ― 그리고 또 2세, 3세, 4세, 심지어 말세에 이르기까지 분노한다.

이 글에서 가장 중요한 단어 하나만 고르라면 뭘 꼽겠어? 그래 맞아. 분노! 용감한 사람은 자기보다 강한 사람이 불의를 저질렀을 때 그것에 맞서 싸우기 위해 분노하지만, 비겁한 사람은 자기보다 약한 사람을 착취하고 그 위에 군림하기 위해 분노하지. 이 글을 쓴 사람은 비겁한 가짜 영웅의 행실에 대해 분노하고 있어.

이 글을 쓴 사람은 남자일까, 여자일까? 글 내용 중에 칼날, 영웅 같은 단어들이 등장하고, 문장이 단호한 느낌이 나는 '―다'체로 끝나는 걸로 봐서 어쩐지 남자 어른일 것 같지? 읽어 보니 어떤 분위기가 느껴져? 당당하고 단호한 느낌? 누군가를 꾸짖는 듯한 엄격한 느낌? 그래, 그런 분위기의 목소리가 좀 느껴지지?

글의 내용이나 분위기 등을 잘 살피면서 읽다 보면 어느새 글쓴이의 목소리가 내 귀에 쟁쟁하게 울리는 듯하고, 내가 바로 그 목소리로 말하고 있는 것 같은 기분이 들기도 하지.

이 글을 쓴 사람은 '중국 근대 문예의 아버지'라는 칭호를 받고 있는 루쉰이라는 분이야. 『아큐정전』이나 『광인일기』 같은 유명한 소설을 남겼지. 이분은 일평생 중국의 민족성에 대해 고민하고, 특히 앞에서 말한 것처럼 비겁한 가짜 영웅들에 대한 비판을 한시도 게을리하지 않았어. 물론 자기 자신도 비겁한 삶에 절대로 타협하지 않았어.

친구들, 진짜 영웅이 되는 일은 아주 어려운 일일 거야. 자기보다 강한 사람 앞에서 용기를 내야 하니까. 하지만 나보다 약한 사람을 괴롭히지 않는 건 마음만 먹으면 할 수 있는 일이지. 우리, 나보다 약한 사람들 앞에서만 분노하는 비겁한 가짜 영웅은 되지 말자! 비겁쟁이가 될 것 같으면 루쉰이 쓴 글을 큰 소리로 읽으면서 말이야.

눈으로만 읽는 건 반칙

목소리를 입 바깥으로 내든 그렇지 않든 우리는 눈으로 읽지. 그런데 정말로 우리는 '눈으로만' 읽는 걸까? 나는 책을 읽을 때 눈으로 읽지 않는단다. 눈이 없거든. 삼만 오천 년 전 내가 태어날 무렵엔 세상이 지금보다 훨씬 단순했고 조화로웠어. 그래서 눈이 없어도 사는 데 전혀 불편하지 않았어.

지금은 많은 사람들이 눈으로 책을 읽고 무엇인가를 보지만 사실 눈으로만 읽는 건 아니란다. 볼 수도 들을 수도 없는 장애를 갖고 태어났지만 부단한 노력으로 훌륭한 작가이자 헌신적인 사회 사업가로 활동했던 헬렌 켈러, 그녀는 이렇게 말했지.

"정말 중요한 것은 눈으로 보거나 만져서 알 수 있는 것이 아니다. 그것은 가슴으로 보아야 보인다."

헬렌 켈러는 우리가 눈으로 보는 것을 손으로 만져서 알아보곤 했어. 점자로 된 책을 손으로 만져서 읽고 사물들을 만져서 형태를 머릿속으로 그려 보는 식으로 말이야.

하지만 눈에 보이지도 않고 손으로 만질 수도 없는 것들, 존재하지만 형태가 없는 것들은 마음의 눈으로 볼 수밖에 없었겠지. 그건 눈이 보이는 사람들도 마찬가지일 거야. 그리고 어쩌면 그 마음의 눈으로 보았을 때, 훨씬 더 잘 보일지도 모르고. 마음의 눈으로 보는 게 뭐냐고? 내가 이야기 하나 들려주지. 이 이야기는 '장유'라는 조선 시대 선비가 쓴 「마음의 빛」에 나오는 이야기야.

옛날에 어떤 선비가 친구의 초대를 받아 한강변에 있는 멋진 정자에 놀러 갔대. 놀다 보니 어느덧 밤이 되었는데 달빛이 강물에 반사되어 반짝거리고 정자 안까지 환하게 밝히는 모습이 장관이었다지. 정자의 주인이 눈앞에 펼쳐지는 풍경의 아름다움을 자랑하지 않을 수 없었겠지. 그때, 그 선비가 이렇게 말했어.

하지만 이건 그냥 바깥의 풍경일 뿐이야. 강가에 정자를 짓는다면 누구나 이런 경치를 감상할 수 있지. (…) 문을 닫아걸고 조용히 앉아 자신의 마음을 돌아보면, 외부의 먼지가 닿지 않는 내부의 풍경이 스스로 펼쳐지면서 하늘의 빛이 뻗어 나와 모든 것을 비추어 삼라만상이 환히 드러나게 될 것이네. 그리하여 비록 해와 달이 비추지 못하고, 가장 눈 밝은 이조차 보지 못했던 것이라 할지라도 고요한 빛 가운데 모두 드러나게 될 것이네. (…) 대체로 바깥의 풍경에 구애되면 거기에 국한되어 두루 통하지 못하게 되지만, 마음으로 받아들이면 막힘없이 통하게 된다네.

선비의 이야기가 알듯 말듯 아리송하지? 우리는 보통 풍경을 눈으로 볼 수 있는 아름다운 자연이나 사물의 모습이라고 생각하잖아.

그런데 선비의 말에 따르면 그런 풍경은 아무리 아름다워도 반쪽짜리에 지나지 않는다는 거야. 누구든 경치 좋은 곳에만 가면 쉽게 볼 수 있으니까.

진짜 아름다운 풍경을 보려면 눈 말고도 더 필요한 게 있는데 그게 뭐냐면 바로 '마음'이라는 거야. 그래서 평소에 마음을 잘 갈고 닦아야 한다는 거지. 안경을 잘 닦아야 사물이 깨끗하게 보이듯이 평소에 자기 마음을 돌아보는 훈련을 해야 한다는 뜻이야.

마음을 돌아보고 '내부의 풍경'을 보는 훈련이라 하니까 뭔가 거창한 일 같지만 선비가 말한 마음을 돌아보는 일은 어떤 점에선 지금 우리도 자주 하고 있어. '반성'이라는 이름으로 말이야. 우리가 어떤 생각을 하거나 행동을 한 뒤에 그것에 대해 다시 생각해 보곤 하잖아. 잘한 건 뭐고, 잘못한 건 뭔지 따져 보기도 하고 말이야.

물론 옛날 선비들이 말한 마음을 돌아본다는 건 우리가 말하는 반성보다는 훨씬 수준 높은 수행의 경지일 거야. 하지만 우리가 자꾸 마음을 들여다보며 깨끗하고 좋은 마음을 가지려고 하다 보면 '외부의 풍경'을 볼 때 내부의 풍경까지도 볼 수 있는 힘이 생기지 않을까?

내부의 풍경을 잘 '읽어 내는' 일은 우리 삶에서 아주 중요해. 우리는 때로 자신의 마음과 다른 말을 하는 경우가 있어. 그러니까 그 사람이 하는 말만 있는 그대로 받아들이면 곤란할 때가 있지. 이런 경

우에도 마음의 눈으로 상대방의 행동을 잘 들여다보면 자연스럽게 진실을 알게 되는 법이야. 그래서 사람들은 이렇게 말하기도 하지.

"진실은 그 사람의 말이 아니라 행동 속에 있다."

하얀색 여백, 행간을 읽자 : 마법 같은 심독

"느 집인 이거 없지?"

하고 생색 있는 큰소리를 하고는 제가 준 것을 남이 알면은 큰일 날 테니 여기서 얼른 먹어 버리란다. 그리고 또 하는 소리가

"너 봄 감자가 맛있단다."

"난 감자 안 먹는다, 니나 먹어라."

나는 고개도 돌리려지 않고 일하던 손으로 그 감자를 도로 어깨 너머로 쑥 밀어 버렸다.

그랬더니 그래도 가는 기색이 없고, 뿐만 아니라 쌔근쌔근하고 심상치 않게 숨소리가 점점 거칠어진다. 이건 또 뭐야 싶어서 그때에야 비로소 돌아다보니 나는 참으로 놀랐다. 우리가 이 동리에 들어온 것은 근 삼 년째 되어 오지만 여지껏 가무잡잡한 점순이의 얼굴이 이렇게까지 홍당무처럼 새빨개진 법이 없었다. 게다 눈에 독을 올리고 한참 나를 요렇게 쏘아보더니 나중에는 눈물까지 어리는 것이 아니냐. 그리고 바구니를 다시 집어 들더니 이를 꼭 악물

고는 엎더질 듯 자빠질 듯 논둑으로 횡허케 달아나는 것이다.

시골에 사는 소년 소녀의 풋풋한 사랑이 재미나게 묘사되어 있는 소설, 김유정의「동백꽃」이야. 상황을 보니까 점순이가 주인공에게 감자를 먹으라고 주었다가 무안을 당하고 있는 것 같지? 그런데 점순이의 말과 행동이 잘 안 맞는 듯해. 행동을 보면 점순이가 주인공을 좋아하는 것 같은데 말은 어쩐지 무례하잖아. "니네 집엔 이거 없지?" 하고 자랑하는 거 같고.

주인공과 점순이의 갈등도 바로 이 때문에 생겼다고 할 수 있어. 점순이는 자기 마음을 들킬까 봐 부끄러워서 마음과는 다른 말을 계속 하고, 또 주인공은 점순이의 행동을 보는 게 아니라 점순이 말을 그대로 받아들이다 보니 자꾸 오해가 생기는 거야. 그래서 둘 사이는 서로의 마음과는 달리 걷잡을 수 없이 나빠지지. 상대방을 이해하려는 마음으로 애정과 관심을 갖고 그 행동을 잘 살피지 않은 채, 그 사람이 하는 말로만 모든 것을 판단하면 이렇게 불편한 일이 생기게 마련이란다.

우리가 글을 읽을 때에도 마찬가지야. 글자로 쓰인 것만이 전부라고 믿어서는 곤란하다는 말씀! 직접적으로 들리는 말뿐 아니라 행동까지 잘 살펴야 그 사람이 전하고자 하는 뜻을 잘 알아들을 수 있는 것처럼 글자로 표현되지 않은 부분도 잘 살펴야 한다는 뜻이지.

문장으로 쓰여 있지는 않지만 글쓴이가 하려는 이야기를 알아차리는 걸 '행간을 읽는다'라고 해. '행간'이 뭐냐고? 책을 펼쳐 보면 글자들이 한 줄로 죽 쓰여 있고, 그다음 줄에 또 한 줄 죽 쓰여 있잖아? 그 글자 한 줄과 또 다른 한 줄 사이에 있는 하얀색 여백, 그게 바로 '행간'이야. 행간은 글쓴이의 마음 같은 것이지. 눈에 보이지는 않지만 어쩌면 눈에 보이는 것보다 더 중요한 것이 행간 속에 숨어 있기도 하니까.

행간을 읽으려면 어떻게 해야 할까? 맞아, '마음으로' 읽는 거야. 조금 어려운 말로는 '심독(心讀)'이라고 해. 마음의 눈으로 읽어야 글쓴이의 마음까지도 읽을 수 있어. 눈으로 책을 읽는 것도 힘든데 어떻게 마음으로 읽냐고? 우리가 앞에서 잘 듣는 일에 대해서 이야기했잖아. 그것과 비슷해. 일단 글쓴이를 이해하려는 마음으로 읽으면 돼.

친구들은 한용운이라는 시인에 대해 들어 본 적 있어? 「님의 침묵」이라는 아주 유명한 시를 쓰신 분이지. "님은 갔습니다. 아아 사랑하는 나의 님은 갔습니다."라는 구절로 시작하는 시야.

그냥 글자 그대로 읽으면 사랑하는 님이 갔다고 했으니 사랑하는 사람과 이별을 했구나 생각이 들지. 하지만 한용운 시인이 스님이었다는 사실을 알면 좀 이상하게 여겨질 거야. '어, 스님은 속세와 인연을 끊고 깊은 산속에서 열심히 수행만 하시는 줄 알았는데 어떻게 사랑하는 사람이 있고, 또 그 사람하고 이별을 할 수 있지?' 하고 고

개를 갸웃거리게 되거든.

하지만 한용운 시인이 기미년 3월 1일에 '대한 독립 만세'를 외쳤던 민족 대표 33인 중 한 분이라는 걸 알면 우리는 이 시를 또 다른 식으로 읽을 수가 있어. 한용운 시인이 말했던 '님'이 우리가 보통 떠올리는 연인이 아니라 '우리나라'일 수도 있다고 더 넓게 생각하게 되는 거야.

만약에 '님'을 '우리나라'라고 생각하면 "님은 갔습니다. 아아 사랑하는 나의 님은 갔습니다."라는 구절은 '우리는 일본에 의해 나라를 빼앗겼습니다.'라는 아주 새로운 뜻이 되는 거지.

이제 다시 시를 읽어 보자.

님은 갔습니다. 아아 사랑하는 나의 님은 갔습니다.

푸른 산빛을 깨치고 단풍나무 숲을 향하여 난 작은 길을 걸어서 차마 떨치고 갔습니다.

(중략)

우리는 만날 때에 떠날 것을 염려하는 것과 같이 떠날 때에 다시 만날 것을 믿습니다.

아아, 님은 갔지마는 나는 님을 보내지 아니하였습니다.

제 곡조를 못 이기는 사랑의 노래는 님의 침묵을 휩싸고 돕니다.

아까와는 다르게 나라를 잃고 슬퍼하는 시인의 마음이 느껴지는 것 같지? 이 시 그 어디에도 일본이라는 말이나 나라를 빼앗겼다는 말이 안 나오지만 행간에서 읽어 낼 수 있는 거야. 그때는 일제 강점기였으니까 '대한 독립'에 관한 얘기를 함부로 할 수 없었겠지. 그래서 한용운 시인은 하고 싶은 얘기를 돌려서 했던 게 아닐까? 그리고 시인은 우리가 그 마음을 읽어 주길 간절히 바랐을지도 몰라.

눈에 보이는 것이 전부가 아니라는 것, 그래서 눈에 보이지 않는 것까지도 잘 보고 잘 읽기 위해서는 마음의 눈이 필요하다는 것, 이제 조금은 이해가 되지? 우리가 글자를 읽기 시작했을 때, 눈이 마

● 한용운의 「님의 침묵」과 시 읽기

세상에서 가장 어려운 책이 뭘까? 지금까지 살면서 읽어 본 책 중에서 가장 어려웠던 것은 수학책이었어. 숫자랑 수학 기호랑 공식들이 그냥 내가 잘 모르는 외국어처럼 느껴져서 도무지 친해지가 않았거든. 친구들은 어떤 책이 가장 어려웠어? 내가 아는 어떤 친구는 시집이 야말로 세상에서 가장 어려운 책이라고 말하더군. 어떤 원리나 공식, 논리적인 체계를 바탕으로 쓴 글은 그 체계만 이해하면 아무리 복잡하게 쓰여 있어도 이해할 수 있지만, 시는 아무리 짧아도 도무지 무슨 말을 하는지 아리송하기만 하다는 거야.

('책 읽기 작은 사전(127쪽)'에서 이어집니다.)

법에 걸린 것처럼 세상이 새롭게 보였잖아. 이제 우리는 눈에 보이지 않는 행간까지 읽어 내는 엄청난 능력을 갖게 된 거라고!

마음으로 읽는 법 : 나비를 잡는 아이처럼

옛날 중국 한나라에 사마천이라는 사람이 살았어. 『사기』라는 유명한 책을 쓰신 분이야. 『사기』는 전체 130권이나 되는 방대한 분량의 역사책이야. 황제에 대한 이야기부터 연표들, 각종 제도와 문물들, 장군과 귀족 그리고 평민에 이르기까지 사마천 이전에 살았던 사람들에 대한 이야기들이 아주 많이 실려 있지. 옛날 우리 선비들의 필독서이기도 했어.

그런데 참 놀랍지 않아? 어떻게 한 사람이 이토록 방대한 양의 역사책을 쓸 수 있었는지. 사마천의 집안엔 대대로 역사를 기록하는 임무를 맡아 보았던 사관들이 많았대. 사마천의 아버지도 사관이었고. 그래서 사마천은 아버지의 뒤를 이어 훌륭한 역사학자가 되겠다고 어렸을 때부터 생각했었대.

그런데 어른이 된 사마천이 무슨 잘못인가를 해서 당시 황제였던 한 무제로부터 큰 벌을 받게 되었지. 그 벌은 너무 수치스러워서 사대부 양반이라면 스스로 목숨을 끊는 게 더 나을 만큼 아주 지독한 것이었대. 하지만 사마천은 스스로 목숨을 끊지 않았어. 해야 할 일이 있었거든. 바로 『사기』를 써서 후세에 남기는 것이었지. 그 덕분에 우리는 지금도 아주 오래전, 그러니까 기원전 중국에서 있었던 일들까지도 소상하게 알 수 있게 된 거야.

『사기』는 단순히 과거에 어떤 일이 있었다는 사실만을 기록한 책이 아니야. 그 책을 읽다 보면 우리는 어느새 인간이란 무엇인가, 어떻게 살아야 할 것인가 등등을 곰곰이 생각하고 배우게 돼. 그 책에는 인간이 살면서 겪는 온갖 일들, 전쟁과 평화, 폭력과 복수, 배신, 사랑과 고독, 기쁨과 슬픔 등등을 맛볼 수 있는 엄청난 얘기들이 들어 있거든.

조선 시대에 어떤 지식인이 『열하일기』를 쓴 박지원이라는 선비에게 편지를 보내서 사마천의 『사기』를 재미있게 읽었다고 자랑을 했었나 봐. 전쟁이 어쩌고, 황제가 어쩌고 하면서 말이야. 그랬더니 박지원이 답장에 이렇게 썼대.

그대가 사마천의 『사기』를 읽었다고 자랑을 하지만, 글자만 보고 그 마음은 읽지 못했군요. 이것이 부뚜막 아래서 숟가락을 주웠다고 자랑하는 것과 뭐가 다르겠습니까? 사마천의 마음은 나비를 잡는 아이의 모습과도 같습니다. 아이는 나비를 잡기 위해 손가락을 집게 모양으로 만들어서는 살금살금 다가갑니다. 하지만 잡으려는 찰라 나비는 그만 호로록 날아가 버리지요. 그러면 아이는 부끄럽기도 하고 화가 나기도 해서 얼굴을 붉히다가 혼자 계면쩍게 한번 씩 웃습니다. 『사기』를 저술할 때 사마천의 마음이 바로 이와 같지요.

박지원이 하려고 했던 이야기의 핵심은 뭘까? 글을 읽는다는 것은 글자만 읽는 것이 아니라 그 글을 쓴 사람의 마음까지도 읽는 것이어야 한다는 말을 하고 싶었던 게 아닐까?

자기 일생을 걸고 역사책을 저술한 사마천의 마음은 또 어땠을까? 때로는 기뻐하고 때로는 안타까워하고 또 때로는 분노하기도 하며 한 줄 한 줄 글을 써 나갔겠지. '그때 만약 그런 일이 벌어지지 않았더라면 지금 세상이 달라졌을 텐데.'라든가 '그때 그 사람이 그런 마음을 먹지 않았더라면 비참한 죽음을 맞이하지 않았을 텐데.' 하는 생각을 하면서 말이야.

사마천은 앞으로 세상을 살아갈 후손들이 역사를 거울삼아 과거의 잘못을 되풀이하지 않고 더 훌륭한 삶을 살아가길 바라는 마음에서 수치스러운 형벌을 당하면서도 『사기』를 쓰는 것을 멈추지 않았던 거야.

사마천의 마음을 읽었던 박지원은 글자뿐만 아니라 모든 사물은 마음으로 보아야 그 진짜 모습을 알 수 있다고 생각했어. 젊었을 때 중국 여행을 갔다가 아주 소중한 깨달음을 하나 얻었거든.

어느 날 박지원이 급하게 황하를 건너야 할 일이 생겼대. 황하는

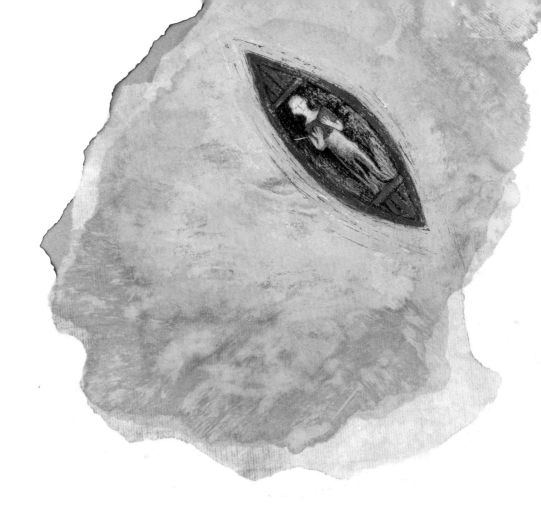

아주 크고 물살도 엄청 센 중국의 대표적인 강이지. 배를 타고 건너
는 것도 아니고 말안장에 앉아서 그 큰 강을 건너야 한다고 생각하
니까 좀 겁이 났나 봐. 낮에는 물살이 소용돌이 치고 있어서 무섭고
밤에는 강물이 우당탕거리며 큰 소리를 내고 있어서 선뜻 용기가 나
지 않았던 거야. 그러다가 문득 이런 생각을 하게 되었대.

"강에 빠지는 게 뭐 그리 대수라고. 만약에 빠지면, 강물로 땅을 삼고 강물로 옷을 삼고 강물로 몸을 삼고 강물로 성정을 삼으면 되지."

그러자 마음이 아주 편안해지고, 불끈하고 용기가 나더래. 그렇게 황하를 다 건넌 후 박지원은 자신의 경험을 이렇게 말했어.

"마음이 고요한 사람은 보는 것과 듣는 것에 얽매이지 않지만, 눈과 귀만을 믿는 자는 보고 듣는 것이 자세하면 자세할수록 더더욱 병통이 된다."

보고 듣는 것이 전부가 아니라는 말씀이지. 보고 듣는 것에 얽매이다 보면 더 중요한 것을 놓칠 수도 있는 법이니까. 더 중요한 걸 보기 위해선 어떻게 하면 된다고? 고요한 마음의 눈으로 보면 된다!

● 책 읽기, 기차 여행이 만들어 낸 풍속

1938년 영국 지하철 안 모습. 탑승객들이 무언가를 읽고 있다.

친구들은 기차 여행을 해 본 적이 있니? 지금부터 약 백 년쯤 전 사람들에게 기차 여행은 깜짝 놀랄 만큼 충격적인 경험이었어. 왜 안 그랬겠어. 기차가 나오기 전까지 먼 지방으로 가려면 무조건 며칠씩 걷거나, 아니면 고작 말을 타고 가는 것뿐이었을 테니까.

기차를 처음 본 사람들이 제일 놀랐던 건 그 속도였어. '쫴액~' 하는 커다란 기적 소리와 함께 칙칙폭폭 하며 엄청 빨리 달려가는 커다란 쇳덩어리를 처음 봤을 때 어떤 기분이었을지 상상해 봐. 물론 지금의 속도에 비하면 아무것도 아니었지만 말이야. 또 막상 타 보면 그 속도를 전혀 느낄 수 없다는 것도 엄청 놀라운 일이었지.

처음 기차를 탄 사람들이 느꼈던 당황스러움은 이뿐만 아니었어. 낯선 사람과 마주 앉거나 나란히 앉아서 몇 시간을 계속 함께 가야 한다는 것 자체가 옛날 사람들에겐 참 낯설고도 불편한 일이었지. 지금 우리도 전철이나 기차를 탈 때 시선을 어디에 두어야 할지 난감한 경우

책 읽기를 테마로 한, 기차 여행의 한 장면이다.

가 간혹 있잖아? 옛날 사람들이야 말할 것도 없었지. 그런 경험 자체가 흔치 않았으니까.

그래서 사람들이 생각해 낸 게 뭘까? 그래 맞아. 바로 책을 읽는 것이었어. 기차 여행이 만들어 낸 새로운 풍속이 바로 독서였다는 거 재미있지 않아? 그 전통이 아직도 자연스럽게 이어지고 있는 셈이어서 지하철이나 기차, 또는 비행기를 타고 여행을 할 때 책을 읽는 사람들을 많이 볼 수 있는 거야.

그런데 요즘엔 책을 읽는 사람들보다는 휴대 전화로 동영상을 보거나 인터넷 서핑을 하거나 게임을 하는 사람들이 더 많은 것 같아. 그만큼 시대가 달라졌겠지. 친구들은 차를 타고 이동할 일이 있을 때 무엇을 하니? 동행하는 사람과 이야기를 나누거나 창밖의 풍경을 보거나 게임을 하는 것도 즐겁겠지만, 책을 한 권 펼쳐 들고 천천히 읽어 보는 것도 참 좋은 경험이 될거야.

우리는 책을 읽는다. 왜?

읽으면 읽을수록 좋은 만병통치약

그런데 친구들, 고요한 마음으로 책을 읽다 보면 어느새 졸음이 밀려오거나 금세 지루해져서 몸이 비비 꼬이지? 특히 숙제로 독후감을 써야 할 때, 텔레비전을 보거나 게임을 하고 싶은데 엄마가 억지로 책을 읽으라고 말씀하실 때 더 힘들고 더 읽기가 싫지?

그래도 우리는 책을 읽어. 왜? 부모님이나 선생님이 시키니까 마지못해 읽기도 하고, 공부를 잘하기 위해서 읽기도 하고, 또 더 똑똑한 사람이 되기 위해서 읽기도 해. 물론 재미있으니까 읽는 친구들도 있을 거야.

또 어떤 이유가 있을까? 책 속에는 우리가 궁금해하는 것들에 대한 대답이 들어 있으니까 읽기도 하지. 기분 전환을 위해서도 책을 읽고, 다른 사람의 생각을 알기 위해서도 책을 읽고, 교양을 쌓기 위해서도 책을 읽지. 이것들 말고도 세상에는 정말 책을 읽어야 하는 이유들이 셀 수도 없을 만큼 많을걸!

그러고 보니 책 읽기가 온갖 병을 고치는 데 쓰는 만병통치약이라고 여긴 사람이 있어. 조선 후기의 학자인 이덕무야. 앞에서 얘기했던 박지원의 친구이기도 해. 이 사람은 아주 소문난 책벌레였는데 언제 어디서나 추우나 더우나 기쁠 때나 슬플 때나 늘 책을 손에서 놓지 않았대. 이덕무가 말한 책 읽기의 유익함에 대해 들어 볼까?

약간 배가 고플 때 책을 읽으면 그 소리가 훨씬 낭랑해져 글에 담긴 이치를 맛보느라 배고픈 줄도 모르게 되니 이것이 첫 번째 유익함이요, 조금 추울 때 책을 읽으면 그 기운이 그 소리를 따라 몸속에 스며들면서 온몸이 활짝 펴져 추위를 잊게 되니 이것이 두 번째 유익함이요, 근심과 번뇌가 있을 때 책을 읽으면 내 눈은 글자에

● 이덕무의 「간서치전」과 책 읽기에 관한 책 읽기
무엇인가에 대한 애정이 지나치게 큰 사람들이 있지. 그런 사람들을 보고 흔히 '미쳤다'는 말을 쓰곤 해. '자동차에 미쳤다.', '게임에 미쳤다.', '음악에 미쳤다.'라고들 하잖아. 조선 후기 북학파 실학자 중 한 사람인 이덕무(1741~1793)는 그야말로 '책에 미친 사람'이었는데, 스스로 「간서치전(책만 보는 바보의 전기)」이라는 자서전을 쓰기도 했어. 이 글에 이덕무 특유의 글 읽는 방법이 나와.

('책 읽기 작은 사전(128쪽)'에서 이어집니다.)

빠져 들고 내 마음은 이치에 잠기게 되어 천만 가지 온갖 상념이 일시에 사라지니 이것이 세 번째 유익함이요, 기침앓이를 할 때 책을 읽으면 기운이 통창해져 막히는 바가 없게 되어 기침 소리가 돌연 멎게 되니 이것이 네 번째 유익함이다.

어때, 놀랍지 않아? 춥고 배고프고 골치 아픈 일 있고 게다가 감기에 걸렸는데 책을 읽으면 다 낫는다니 말이야. 오직 책 책 책! 책에 이렇게 열중하다니 우리가 요즘 흔히 말하는 '마니아'와 비슷하네. 이덕무는 실제로 '책만 보는 바보'라는 뜻의 '간서치'라고 불리기도 했대.

사실, 이 사람의 상황을 알면 그 심정이 이해가 될 거야. 이덕무는 서자 출신으로 아무리 학식이 뛰어나도 벼슬을 할 수가 없었어. 너무나 가난하여 식구들의 끼니를 걱정해야 하지만 자신이 할 수 있는 일이 아무것도 없었지. 아무리 서자 출신이라도 양반은 양반이니까 아무 일이나 할 수도 없었거든. 그러니 얼마나 답답했겠어. 그럴 때 위로가 되고 힘을 준 것이 바로 책과 그 책을 읽고 함께 이야기를 나눌 수 있는 벗들이었지.

지극한 슬픔이 닥치게 되면 온 사방을 둘러보아도 막막하기만 해서 그저 한 뼘 땅이라도 있으면 뚫고 들어가 더 이상 살고 싶은 생각이 없어진다. 하지만 나는 다행히도 두 눈이 있어 글자를 배울 수 있었다. 그래서 나는 지극한 슬픔을 겪더라도 한 권의 책을 들고 내 슬픈 마음을 위로하며 조용히 책을 읽는다. 그러다 보면 절망스러운 마음이 조금씩 안정된다. 만일 내가 온갖 색깔을 볼 수 있는 눈을 가졌다 해도 서책을 읽지 못하는 까막눈이라면 장차 무슨 수로 내 마음을 다스릴 수 있을 것인가.

친구들은 아주 많이 슬프거나 화가 날 때, 혹은 걱정이 있을 때 어떻게 해? 어떤 영화의 주인공은 그럴 때 달리기를 하더라고. 심장이 터질 때까지 달리기를 하다 보면 어느새 마음이 가라앉는다는 거야. 또 어떤 사람은 노래를 하기도 하더군. 큰 소리로 노래를 부르다 보면 어느 틈엔가 불편했던 마음이 조금씩 평온해지는 걸 느낀대.

이덕무는 달리기나 노래 대신에 책을 읽었던 거야. 우리도 평소에 좋아하는 책을 한두 권쯤 정해 두는 건 어떨까? 아주 재미있거나 감동적인 책으로 말이야. 그래서 아주 많이 슬프거나 화가 나거나 외로울 때 조금씩 읽어 보는 거야.

재미있는 책을 읽을 때는 시간 가는 줄도 모르고 걱정이나 근심 따위는 잊고 그 책에 푹 빠지잖아. 그러다 보면 정말 마음이 고요해지면서 다시 씩씩하게 생활할 수 있는 용기가 생겨날지도 모르니까. 그리고 또 혹시 알아? 글을 읽던 중 갑자기 그 근심거리를 해결할 수 있는 좋은 아이디어가 떠오를지!

그리고 꼭 그 순간에 책을 읽지 않더라도, 예전에 읽었던 책이 도움이 될 때도 있어. 책을 소리 내어 읽으면 그 소리를 내 몸이 기억한다고 했지? 속으로 읽거나 마음의 눈으로 읽은 것도 마찬가지야. 내 몸속 어딘가에 저장 혹은 기억되어 있다가 어느 날 문득 떠오르면서 우리를 흥분시킬 수도 있고, 삶을 잘 살아갈 수 있는 용기와 힘을 주기도 하는 거지.

이덕무는 마음뿐 아니라 몸이 아플 때도 글을 읽으면 도움이 된다고 했잖아. 특히 감기에 걸려서 기침을 할 때 소리를 내서 글을 읽다 보면 몸속에 기운이 잘 흐르게 되어서 기침이 멎게 된다는 거야. 친구들도 감기에 걸렸을 때 한번 해 봐. 정말 기침이 멎는지.

이렇게 보니까 정말 글을 읽는 것은 만병통치약인 것 같아. 글 속에 담긴 뜻을 이해하며 지혜로워지고, 몰랐던 것들을 알게 되면서 지식을 쌓게 되는 건 말할 것도 없고, 배고픔이나 추위도 잊을 수 있고, 걱정 근심을 해결하며 몸의 병도 낫게 한다니 이보다 더 좋은 만병통치약이 어디 있겠어?

그런데 만약, 춥거나 덥지도 않고 배고프거나 배부르지도 않고, 몸과 마음이 다 편안하다면 어떻게 하냐고? 어떻게 하긴 뭘 어떻게 해? 그럴 때야말로 책 읽기에 더없이 좋을 때니까 얼른 책을 들고 독서삼매에 빠져야지!

다른 사람이 되고 싶다면 : 변신의 즐거움

친구들은 혹시 다른 사람이 되고 싶었던 적 없었어? 남자는 여자가 되고 싶다거나 여자는 얼른 예쁜 아가씨가 되고 싶다거나, 혹은 우주비행사가 되어서 우주여행을 하고 싶다거나, 세계를 돌아다니는 큰 배의 선장이 되고 싶다거나, 아니면 밀림의 왕자인 사자가 되고 싶다거나, 마법사가 되어 나를 못살게 구는 친구들 혼내 주고 싶다거나, 뭐 이런 생각들을 우리는 가끔 하잖아. 어떤 날은 진짜로 이런 모습이 되어 다른 생활을 하는 꿈을 꾸기도 하고 말이야.

옛날 옛적에 조신이라는 사람이 살았대. 뜻한 바가 있어서 절에 들어가 열심히 공부를 하고 있었다지. 그런데 어느 날, 조신은 그 절에 놀러 온 아가씨를 보고 그만 첫눈에 홀딱 반하고 말았어. 그날부터 조신은 공부는 내팽개치고 멍하게 앉아서 하루 종일 그 아가씨 생각만 했어.

얼마나 열심히 생각을 했으면 그 아가씨와 결혼을 해서 함께 사는 꿈까지 꾸었겠어? 그런데 꿈속에서 아가씨와의 결혼 생활이 마냥 행복했던 것만은 아니었나 봐. 아무리 일을 해도 너무너무 가난해서 식구들이 밥을 굶기 일쑤였고, 좀 먹고살만 하니까 그만 전쟁이 나서 아이가 죽고, 부부는 헤어지는 불행을 겪어야만 했대.

잠에서 깬 조신이 거울을 보니까 글쎄, 머리가 하얗게 세어 있더래. 꿈에서 얼마나 고생을 했으면 그랬을까. 비록 머리는 하얗게 세었지만 조신은 꿈이어서 정말 다행이라고 생각했어. 그리고 만날 일도 없는 아가씨 생각을 하느라 시간을 허비하는 일을 그만두고 열심히 공부해서 훌륭한 사람이 되었대. 만약 조신이 아가씨와 함께 사는 꿈을 꾸지 않았다면 방황을 계속하다가 시시한 인생을 살게 되었을지도 몰라.

사람이 태어나서 죽을 때까지의 삶을 왜 '일생'이라고 부르는지 알아? 그건 한 사람이 한 번에 한 가지의 삶을 살 수밖에 없기 때문이야. 버스를 타고 학교에 가면서 동시에 내 방 침대에 누워서 잠을 잘 수는 없다는 뜻이지. 그래서 우리는 매 순간 선택을 하고 결정을 해야 해.

밥을 먹을지 책을 볼지, 그림을 그릴지 게임을 할지 하는 단순한 선택들도 있지만 나중에 더 크면 대학에 갈지 말지, 어떤 직장을 선택할지, 어떤 사람과 친구가 되고 결혼을 할지 등등 인생에서 중요한 결정을 내려야 할 순간도 오는 법이야. 어떤 선택을 하느냐에 따라 그 사람의 인생이 전혀 다르게 펼쳐질 수도 있거든.

조신처럼 꿈에서 다른 삶을 살아 보는 게 아니라면 한 사람이 두 가지 삶을 사는 건 불가능해. 딱 한 가지 방법이 있긴 한데, 그게 뭘까? 그래 맞아. 지금의 나 자신이 아닌 전혀 다른 사람이 될 수도 있고, 전혀 다른 삶을 살 수도 있는 유일한 방법, 그건 바로 책을 읽는 것!

우리가 책을 읽는 건, 조신이 꿈을 꾸는 것과 비슷한 일이라 할 수 있어. 조신이 꿈에서 사랑하는 아가씨와 마음껏 살아 보았기 때문에 현실에서 미련 없이 다른 삶을 선택할 수 있었던 것처럼, 우리는 책을 통해 다른 삶을 살아 보고, 지금의 내 삶을 어떻게 만들어 갈 것인가에 대한 힌트를 얻을 수 있어. 어때, 되도록이면 이런 인생 저런 인생 다양하게 살아 보고 싶지 않아? 그러기 위해선 다양한 책을 읽어야겠지.

다른 존재가 되어 봄으로써 색다른 경험을 하는 이야기 하나 더 소개할게. 『이상한 나라의 앨리스』라는 책을 아니? 영국에 사는 꼬마 친구 앨리스가 하얀 토끼를 따라 토끼 굴로 들어갔다가 이상한 나라를 여행하는 이야기야.

이상한 나라에 간 앨리스는 작은 유리병에 든 약이나 케이크를 먹고 키가 작아졌다가 커졌다가 하는 이상한 경험을 하게 돼. 그러다가 버섯 위에 앉아 담배를 피우고 있는 쐐기벌레를 만나게 되지. 쐐기벌레는 앨리스에게 이렇게 물어봐.

"넌 누구니?"

하지만 이상한 나라에 온 이후로 계속 커졌다 작아졌다 했던 앨리스는 자기가 누군지 헷갈렸어. 그래서 이렇게 대답했지.

"나는…… 나도 잘 모르겠어요. 지금은…… 적어도 오늘 아침에 일어났을 때는 내가 누구인지 알고 있었지만, 그때부터 지금까지 여러 번 바뀐 것 같아요."

그러자 쐐기벌레는 발끈 성을 냈어.

"그게 도대체 무슨 소리야? 좀 알아듣게 설명해 봐!"

앨리스가 말했어.

"죄송하지만 나도 날 설명할 수 없어요. 보다시피 나는 내가 아니니까요. 나 자신도 뭐가 뭔지 이해할 수 없어요. 하루에도 몇 번씩이나 몸이 커졌다 작아졌다 하는 건 너무 혼란스럽거든요."

나는 내가 아니라니, 게다가 내가 커졌다 작아졌다 하면서 계속 바뀌다니, 정말 너무 이상하고 혼란스러운 기분이었겠지. 그런데 한편으로는 이렇게 자기 자신이 계속 바뀐다면 평소에는 할 수 없는 체험도 많이 할 수 있어서 재미있을 것 같지 않아?

저 장면에서 앨리스는 키가 아주 작아져서 버섯 위에 앉아 있는 쐐기벌레와 대화를 나눌 수 있는 거거든. 보통 때의 앨리스라면 불가능한 일이지. 변신을 거듭하면서 앨리스는 이상한 나라를 계속 여행해. 가다가 모자 장수와 삼월 토끼의 다과회에도 참석하고, 공작 부인과 아기 돼지도 만나고, 화를 잘 내는 거만한 여왕과 여왕의 트럼프 병정들도 만난단다.

책을 읽는 것은 앨리스가 이상한 나라를 여행하는 일과 비슷해. 우리가 현실에서는 겪지 못하는 일들이 책을 펴는 순간 진짜처럼 펼쳐지잖아.

우리는 해리포터처럼 마법 학교에 가서 마법사가 되기도 하고, 야생 동물들의 생활이 생생하게 그려진『시튼 동물기』를 읽다 보면 동물이나 식물의 마음까지도 알 수 있지. 평소에 내성적인 친구라면 신 나게 운동하는 축구 선수가 되어 볼 수도 있고, 도시의 아파트에서만 살던 친구라면 옥수수 밭과 개울물과 얼룩소가 있는 농촌에서 살아 볼 수도 있어. 역사 속의 한때로 돌아가 모험을 즐기기도 하고, 저 먼 미래로 날아가서 살아 볼 수도 있지. 세상에! 내가 원하기만 하면 그 어떤 것으로도 변신할 수 있고, 또 어디로든 갈 수가 있다니 이거야말로 기적이잖아!

변신은 힘이 세다

세상에는 셀 수 없이 많은 사람이 살고 있는 것처럼 또 셀 수 없이 많은 책들이 있단다. 사람들마다 얼굴 생김이 다르고 성격이 다른 것처럼 책들도 모두 다른 이야기를 담고 있지. 그러니까 친구들이 어떤 책을 펼쳐 드느냐에 따라 매번 다른 사람이 될 수 있고, 매번 다른 생각들과 만나게 되는 거야. 이렇게 다른 사람이 되어 보고 다른 생각들과 만나는 일은 그 자체로 끝나는 게 아니라 현재 자기의 삶에 크게 영향을 주기도 한단다.

　『인형의 집』이라는 유명한 희곡이 있어. 입센이라는 노르웨이 작가의 1879년 작품인데 이런 내용이야. 주인공 노라는 의사인 남편의 사랑을 받으며 걱정 근심 없이 풍요로운 삶을 살아가고 있었어. 남들이 보기에는 부러울 게 없는 그런 삶이었지. 그런데 어느 날 문득 노라에게 이런 의문이 들었던 거야.

'나는 사람인데, 왜 내가 인형처럼 느껴지지?'

겉으로는 전혀 부족함이 없는데, 뭔가 부족한 듯한 느낌이었지. 자기 의지로 삶을 사는 게 아니라 자기 삶이 남편의 의도대로 만들어지고 있다는 생각이 들었던 거야. 그래서 노라는 용기를 내어 가출을 해. "나는 인형이 아니에요."라고 말하면서.

『인형의 집』은 20세기 초반에 한국, 중국, 그리고 일본에서 아주 선풍적인 인기를 끌었지. 노르웨이 작가의 작품이 아시아에서 인기를 끌었다니 신기하지. 왜일까? 세 나라 모두 아주 오랫동안 가부장적인 가족 제도에서 생활했기 때문이야. 한 집안의 가장(주로 아버지겠지?)이 그 집안의 모든 일을 결정하고, 여자들은 남자들의 결정에 무조건 따라야만 했어. 오죽했으면 이런 말이 나왔겠어?

"여자는 어려서는 아버지를 따르고, 결혼을 해서는 남편을 따르고, 늙어서는 아들을 따른다."

그러던 여자들이 『인형의 집』을 읽고는 달라지기 시작했대. 노라가 겪은 일과 생각을 읽다 보니 내가 겪은 일과 생각이 떠오르면서 나와 비슷하구나, 아니 똑같구나, 하는 깨달음을 얻게 되었겠지. 책을 통해 용기 내어 집을 떠나는 '노라'로 변신해 봄으로써 "맞아, 우리는 인형이 아니야. 우물 안의 개구리처럼 집 안에서 평생 살 수는 없어." 노라의 가출에 공감하며 자신도 새로운 삶을 찾고자 하는 힘을 갖게 되었을 거야.

여자들은 그 후 학교에 다니고, 직업을 갖고, 사회 활동을 하는 일에 적극적으로 나서게 되었지. 책을 읽은 여성들이 변화했고, 그 변화가 사회의 변화까지 일으킨 거란다.

우리가 앞에서 마음으로 읽기에 대한 이야기를 했잖아. 글쓴이의 마음을 잘 읽어야 한다고 말이야. 그런데 글쓴이의 마음을 잘 읽다 보면 결국 내 마음까지 읽게 된다는 사실을 알고 있니? 『인형의 집』을 읽으면서 사람들이 인형처럼 살아온 자기 경험과 자기 생각을 계속 떠올렸던 것처럼, 그리고 앞으로도 이렇게 살고 싶은가 자신에게 질문을 던지는 것처럼 말이야.

친구들이 『인형의 집』을 읽는다면 어떨까? 지금은 20세기 초처럼 가부장적이지도 않고 게다가 친구들은 결혼도 안 했을 테니까 노라의 심정을 전혀 공감할 수 없을까? 그렇지 않을지도 몰라. 노라와 상황은 다르지만, 무엇을 하고 싶은지도 모른 채 학교와 학원을 왔다 갔다 하면서 사는 내 모습이 '인형'처럼 느껴질지도 모르지. 한편으로 '가출은 좀 심하잖아.' 공감할 수 없을지도 모르고.

마음으로 읽는다는 것은 내가 주인공이라면 어떨까 생각하며, 글쓴이는 어떤 마음으로 썼을까 생각하면서 읽는 것이야. 또 한편으로는 내 경험과 책에 쓰인 경험을 비교하기도 하고, 글쓴이의 생각에 대해 찬성하기도 하고 비판하기도 하면서 내 생각을 가다듬어 가는 과정이기도 하지.

이 책에서는 이렇게 이야기하는데 다른 책에서는 어떻게 이야기할까 궁금해져서 또 다른 책을 찾아 읽게 될 수도 있어. 또 다른 책을 읽으면서 생각은 점점 풍부해지겠지. 그렇게 생각이 변하고 깊어지면 내 행동도 바뀌고, 결국 삶이 바뀌게 될 거야.

사람들의 삶을 바꾸어 놓은 책 한 권 더 소개할게. 1978년에 발표된 조세희의 『난장이가 쏘아올린 작은 공』이라는 책이야. 이 책을 읽고 우리 사회의 어두운 모습을 적나라하게 경험한 대학생들은 우리나라를 좀 더 행복한 곳으로 바꾸기 위해 애썼단다.

대체 어떤 내용이냐고? 친구들이 한번 찾아서 읽어 봐. 지금 당장 읽기엔 좀 어려울지도 몰라. 하지만 한 번 읽어 보고 나중에 한 10년쯤 지난 뒤에 또 읽어 보면, 막상 지금은 잘 보이지 않는 것들이 그

때는 많이 보일 거야.

  똑같은 글인데 왜 10년 후에는 더 잘 보이냐고? 그건 자라면서 경험이나 생각도 계속 바뀌기 때문이지. 마음으로 읽기는 글쓴이의 마음을 읽는 것뿐 아니라 내 경험과 생각에 비춰 보는 거라고 했잖아.

● 조세희의 「난장이가 쏘아올린 작은 공」과 시대 배경을 생각하며 책 읽기
사람들은 자신이 살고 있는 이 세계의 진실 혹은 참모습을 문학 작품을 통해 발견할 때가 많은데, 왜냐하면 문학 작품이 현실의 가장 중요하고 인상적인 부분을 선명하게 보여 주는 역할을 하기 때문이지.

('책 읽기 작은 사전(129쪽)'에서 이어집니다.)

● 책의 변화, 읽기의 변화

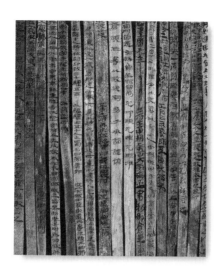

대나무를 쪼개 만들어 글씨를 쓴 죽간. 2세기 초 종이가 발명되기 전까지 많이 사용되었다.

우리가 지금 읽고 있는 책은 언제 처음 생겨난 것일까? 많은 사람들이 기원전 2000년경에 만들어진 메소포타미아 지역의 점토판과 이집트의 파피루스를 책의 기원이라고 말하고 있어. 동아시아 지역에서는 기원전 1300년경에 중국에서 목간, 죽간의 형태로 책이 만들어졌지.

우리가 지금 책이라고 부르는 형태, 즉 종이에 문자를 기록한 책은 5세기경부터 나타나기 시작하는데, 당시에는 종이도 귀했을 뿐만 아니라 표지도 나무나 가죽 또는 금은보석으로 장식했기 때문에, 책 자체가 하나의 사치품 역할을 하기도 했지. 일일이 손으로 글자를 적어야 했기 때문에 책을 많이 펴낼 수도 없었어.

책이 지금처럼 대량으로 출판, 인쇄되기 시작한 것은 구텐베르크가 활판 인쇄 기술을 발명

종이책과는 다른 기능을 지닌 전자책 단말기의 모습이다.

해서 보급하면서부터야. 이전에는 일일이 사람 손으로 글을 적고 표지를 장식하고 하느라 책 한 권을 만드는 데 두 달가량이나 걸렸대. 그러던 것이 구텐베르크의 활판 인쇄술 덕분에 1주일에 500권을 인쇄할 수 있게 되었다고 하니, 그야말로 혁명적인 일이었지. 구텐베르크 이후에 인쇄 기술이 나날이 발전하면서 이제는 전 세계적으로 무수한 출판사들이 하루에도 어마어마한 양의 책들을 찍어 내고 있지.

21세기에 들어 또 다른 모습의 책이 등장했어. 바로 전자책(e-book)이야. 단말기에 수천 권을 저장할 수 있고, 인터넷이 연결되면 언제 어디서나 새로운 책을 다운로드할 수 있고, 소리나 동영상 같은 멀티미디어 기능까지 가능하다지. 이렇게 책의 형태가 달라지면 우리가 읽는 방식도 달라질까? 어떻게 생각해?

세상을 만나러 가는 길

책 읽는 시간을 훔치자

친구들, 이제 '읽는다는 것'이 뭔지 감이 좀 잡히나? 알베르토 망구엘이라는 사람이 쓴 『독서의 역사』를 보면, 세상에는 읽을 수 있는 것들이 얼마나 많은지 깜짝 놀랄 정도란다.

"더 이상 존재하지 않는 별들의 천체도를 읽는 천문학자, 집을 지을 때 악귀를 물리치기 위해 집터를 읽는 일본인 건축가, 숲 속에서 동물들의 발자국을 읽는 동물학자, 자신이 승리의 패를 내놓기 전에 상대방의 제스처를 읽는 도박꾼, 안무가의 메모나 기호를 해석해 내는 무용가, 무대 위에서 공연 중인 무용가의 동작을 읽는 관중, 한창 짜 내려가고 있는 카펫의 난해한 디자인을 읽어 내는 직공, 오케스트라용으로 작곡된 난해한 악보를 해독하는 오르간 연주자, 아기의 얼굴만 보고도 기뻐하는지 놀라고 있는지, 아니면 감탄하고 있는지를 눈치채는 부모, 거북이 등딱지에 나타난 모양새를 보고 길흉을 점치는 중국 점쟁이……"

이렇게 보면, 정말 세상엔 우리가 읽지 못할 게 한 가지도 없는 것 같아. 즉 우리는 우리가 살고 있는 이 세상 전체를 읽어 나가는 것이고, 살아가면서 만나게 되는 모든 것들이 우리에겐 다 읽을거리가 되는 셈이야. 이런 점에서 세상은 커다란 한 권의 책이라고 말할 수 있지 않을까?

우리가 보통 '책'이라고 부르는 어떤 의미를 담은 문자를 기록한 종이 뭉치는 다만 우리가 읽을 수 있는 세상의 어떤 한 부분일 뿐이란다. 그 속에는 우리가 실제로 만나 본 세상의 모습도 있을 것이고, 아직 만나지 못했거나 이미 지나가 버려서 더 이상 만날 수 없는 세상의 모습도 있을 거야. 그리고 사람이 살아가면서 경험하게 되는 온갖 감정과 느낌들도 책 속에 기록되어 있겠지. 그래서 이 모든 것들을 기록한 책을 읽음으로써 우리는 또 다른 방식으로 세상과 만날 수 있는 것이란다.

세상과 만나는 인간의 경험은 시간과 공간, 그리고 나라와 성별, 재산, 나이, 종교 등등 그 사람을 둘러싸고 있는 환경에 따라 다를 수밖에 없겠지. 하지만 책을 읽는다는 것은 그 모든 것의 차이를 뛰어넘어 그 책을 읽는 사람이라면 누구라도 지식과 경험을 얻는다는 점에서 아주 평등하고 멋진 일이야. 그렇기 때문에 특히 책을 읽을 때 어떻게 하면 더 잘, 그리고 즐겁게 읽을 수 있는지 생각해 보는 건 대단히 중요한 일이야.

그래서 우리는 앞에서 여러 가지 읽기의 차원들 즉, 소리를 내어 읽고, 눈으로 읽고, 마음으로 읽는 법에 대해 이야기했지. 소리 내어 읽는다는 것은 단순히 입으로 글자를 읽는 데 그치는 것이 아니라 몸 전체를 움직이는 운동으로, 그 소리가 공간을 울리고 듣는 사람의 마음을 움직이게 하는 활동이기도 하다고 했어.

그리고 조용히 앉아 속으로 글을 읽는 것은 나 혼자 여러 사람과 대화를 나누는 방식, 즉 책과 친구가 되는 방법이라고 했지. 그래서 글을 읽으면 혼자 있어도 외롭거나 쓸쓸하지 않은 것이란다. 또 글을 쓴 사람이나 등장인물들의 목소리를 상상하며 읽다 보면 내가 아닌 다른 사람의 마음이나 행동을 이해할 수 있게 되니까, 우리가 살아가면서 누구를 만나더라도 상대방을 이해할 수 있는 사려 깊은 사람이 될 수 있겠지.

우리는 또한 마음으로 글을 읽는다는 것에 대해 이야기했어. 눈에 보이지는 않지만 분명히 존재하는 것들을 더 잘 읽어 내기 위한 방법이었어. 마음의 눈으로 글을 읽는다는 것은 진심으로 무엇인가를 알고 이해하려는 마음, 편견이나 사심 없이 애정과 관심을 갖는 것을 뜻해. 이런 마음의 눈으로 무엇인가를 읽다 보면 그냥 글자만 읽을 때보다 훨씬 많은 것들을 만날 수 있고 우리의 마음과 영혼을 풍요롭게 만들어 줄 거야.

그리고 사람은 평생 하나의 삶을 살아갈 수밖에 없지만, 책을 읽으면서 다른 삶을 간접적으로 살 수 있다고 했어. 그러니까 한 권의 책을 읽는다는 건, 그 책 속에 들어 있는 하나의 삶을 배워서 내 삶을 더 풍요롭게 만드는 에너지로 바꾸는 일인 거야. 한 권의 책 속에 하나의 삶이 있다면, 백 권의 책 속엔 각기 다른 백 가지의 삶들이 숨어 있겠지. 인간은 누구나 공평하게 한 번에 하나의 삶을 살 수 있을 뿐이지만, 책을 읽음으로써 엄청나게 다양한 삶을 살아 볼 수 있으니 얼마나 흥미진진한 일이야. 또 대단한 일이기도 하지?

생각해 보면, 우리가 한 권의 책을 만난다는 것 자체가 굉장한 기적인 것 같아. 문자가 생겨나고 인쇄술이 발명된 이래로 매일매일 엄청나게 많은 책들이 쏟아져 나오지만 그중에서 어떤 책과 내가 만날 확률은 아주 낮으니까 말이야. 혹시 알아? 그렇게 만난 한 권의 책이 내 인생을 송두리째 바꿔 놓을지 말이야. 그런 점에서 이 책을 통해 친구들과 내가 만난 건 정말 기적이야!

그런데 어떤 친구들은 이렇게 말할 것 같아.

"다 맞는 말인데, 난 정말 시간이 없다고!"

아, 가여운 친구들. 정말 요즘 친구들을 보면 너무너무 바빠서 독서는커녕 운동장에서 마음껏 뛰어놀 시간도 없고, 심지어는 잠자는 시간도 부족해 보여. 하지만 정말 시간이 없는 걸까? 아무리 시간이 없어도 정말 좋아하는 걸 하기 위해선 언제나 시간을 내기도 하잖아.

프랑스의 유명한 소설가인 다니엘 페나크는 이렇게 말했어.

"책 읽는 시간은 언제나 훔친 시간이다."

시간을 훔치다니, 대체 어떻게? 친구들이 해야만 하는 모든 일과 사이사이에는 언제나 자투리 시간이 있기 마련이야. 그 시간을 훔치는 거지. 책은 언제, 어디서나 볼 수 있는 거니까. 매일 하루에 10분씩만 책을 본다면 열흘이면 100분, 한 달이면 300분이라는 시간이 생기지. 300분이면 5시간! 웬만한 책 한 권은 뚝딱, 읽을 수 있는 시간이잖아?

그러니 친구들, 우리 오늘부터라도 숨어 있는 시간을 살살이 찾아내고 과감하게 훔쳐서 책 읽는 즐거움에 한번 흠뻑 빠져 보지 않을래?

못 다한 이야기 : 책을 재미있게 읽으려면

책을 재미있게 읽을 수 있는 비결 몇 가지 알려 줄게. 대부분의 친구들은 아마 그동안 책을 '의무적으로' 읽어 왔을 거야. 그런데 누군가 시킨 것도 아니고, 당장 읽어야 할 필요가 있는 것도 아닌데 '그냥 읽고 싶어서' 책을 읽어 본 친구들은 아마 알 거야. 책 읽기가 아주 아주 재미있다는 걸.

자, 어떤 친구들은 벌써 눈치챘겠지. 재미있게 책을 읽는 첫 번째 비결은 바로 '내가 읽고 싶은 책을 읽는 것'이야. 서점이나 도서관에 가서 책꽂이에 꽂힌 책들을 한번 쭉 훑어보렴. 정말 별별 내용을 담은 별별 책들이 다 있잖아. 그런데 그중에서 유난히 친구들의 눈길을 끄는 책, 마음을 사로잡는 책이 적어도 한 권은 있을 거야. 이유는 다양하겠지. 표지 그림이 멋져서, 제목이 재미있어서, 내용이 궁금해서, 혹은 그냥.

내가 고른 한 권의 책은 숙제로 읽어야 하는 책보다 훨씬 더 소중한 느낌을 준단다. 갖고 싶었던 장난감이 마침내 내 것이 되었을 때, 책상 앞이나 침대 머리에 두고 매일 흐뭇하게 바라봤던 것처럼, 내 손으로 고른 한 권의 책에는 각별한 애정이 생기는 거지. 그리고 시간이 지나면 그 책은 무엇과도 바꿀 수 없는 보물이 된단다.

많은 책을 접하다 보면, 별로 읽고 싶지 않은 그런 책도 만나게 돼. 이럴 땐, 그냥 과감히 다시 책꽂이에 꽂아 두면 돼. 아직 그 책을 읽을 때가 되지 않았거나 어쩌면 나와는 인연이 깊지 않은 책일 수도 있으니까. 그래도 되냐고? 물론이지. 세상은 넓고 책들은 무궁무진하니까. 이 세상에 존재하는 모든 책을 다 읽어 치우기로 작정한 게 아니라면 과감히 통과! 이게 바로 재미있게 책을 읽을 수 있는 두 번째 비결이야. 즉 '어떤 책은 읽지 않는 것'이지.

같은 반 친구들 중에서도 어떤 친구랑은 친한 친구가 되고 또 어떤 친구랑은 그냥 인사만 하는 사이로만 지내잖아? 책과 만나는 일은 친구를 사귀는 일과 비슷하다고 생각하면 돼.

내가 고른 한 권의 책을 이제 읽기 시작했다고 치자. 그런데 처음엔 재미있었는데 뒤로 갈수록 지루하고 시시해지는 책일 수도 있잖아. 그럴 때 친구들은 어떻게 해? 꾹 참고 끝까지 읽는 친구도 있고, 바로 책을 던져 버리고 마는 친구도 있을 거야. 물론 어렵고 지루한 책을 꾹 참고 끝까지 다 읽고 나면 그만큼 얻는 것도 많지. 스스로가 대견하게 느껴질 거고.

중간에 읽기를 그만두게 되는 책들에도 여러 종류가 있을 거야. 어떤 책은 내용이 너무 어려워서. 이런 경우라면 나중에 좀 더 나이를 먹고 공부를 더 많이 한 다음에 다시 읽어 보면 의외로 쉽게 읽히니까 걱정할 필요가 없지. 또 어떤 책은 너무 내용이 쉽고 시시해서. 그런 책은 어린 동생이나 후배들에게 읽으라고 선물로 주면 좋아하겠지? 재미있게 책을 읽는 세 번째 비결, '모든 책을 끝까지 다 읽을 필요는 없다는 것'.

그런데 어떤 책은 읽으면 읽을수록 그 결과가 더 궁금해지는 경우도 있지. 추리 소설이 특히 그렇잖아.

영국의 에드거 앨런 포라는 작가가 쓴 『모르그 가의 살인』이라는 유명한 추리 소설이 있어. 어느 날 새벽 프랑스 파리에서 끔찍한 살인 사건이 벌어졌대. 경찰관을 대동한 동네 사람들이 그 집 문을 부수고 들어가 보니까 방 안은 말도 못하게 어지럽혀져 있고 피 묻은 면도칼이 의자 위에 놓여 있더래. 사람들이 방 안을 둘러보다가 그 집 굴뚝에 거꾸로 매달려 있는 딸의 시체를 발견한 거야. 그 집 뒤뜰에선 아주 심하게 상처가 난 어머니의 시체를 발견했어. 경찰은 동네 사람들의 증언도 듣고 그 집 안팎을 꼼꼼히 조사했지만 범행의 실마리조차 찾지 못했지. 사람들이 각자 서로 다른 증언을 했거든.

결국 사건이 일어나기 사흘 전 그 집 어머니가 은행에서 돈을 찾아갔다는 사실이 밝혀져서 은행 직원이 감옥에 갇히게 되었지. 이때 주인공인 탐정 뒤팽이 사건에 뛰어들어서 전혀 다른 추리로 범인을 잡는다는 이야기야.

그런데 이 소설에는 증인들의 증언이 너무 길고 자세하게 나와 있어. 작가가 이런저런 지루한 이야기를 자꾸 섞어서 책 읽는 사람의 마음을 조급하게 만들지. '범인이 누군지나 빨리 알려 주지.' 하고 말이야. 바로 이럴 때 성질이 급한 친구라면 얼른 페이지를 휘리릭 넘겨서 먼저 범인이 누구인지 알고 난 뒤에 다시 앞으로 돌아와서 뒤팽이 어떤 추리로 범인을 잡는지를 확인하려고 할 거야. 추리 소설은 자주 이런 식으로 읽지만 그래도 여전히 흥미진진하고 재미있지. 물론 미리 범인을 알려고 하지 않고 주인공과 함께 추리를 하면서 범인이 누구인지 맞혀 보는 것도 재미있을 거야.

책을 재미있게 읽을 수 있는 네 번째 비결, 그건 바로 '건너뛰며 읽기'야. 모든 책을 다 건너뛰면서 읽으면 재미있다는 게 아니라, 어떤 책은 건너뛰면서 읽어도 여전히 재미있게 읽을 수 있다는 뜻이야.

아, 그런데 이 사건의 범인은 누구였냐고? 놀라지 마. 범인은 바로 같은 동네에 사는 선원이 키우던 오랑우탄이었어. 오랑우탄이 어떻게 그런 끔찍한 일을 저질렀냐고? 궁금하다면 직접 읽어 보길!

'건너뛰며 읽기'와 비슷하지만 다른 방법이 있는데 '군데군데 골라 읽기'야. 예를 들어 백과사전 같은 책을 읽을 때 써먹을 수 있는 방법이지. 백과사전은 그야말로 온갖 지식을 다 모아 놓은 책이잖아. 우리가 궁금한 게 있을 때 언제든 찾아볼 수 있고. 비행기에 대한 항목을 찾아보다가 자동차에 대한 항목으로 건너뛸 수도 있고, 원숭이에 대한 항목을 읽다가 아카시아 꽃을 찾아볼 수도 있는 게 바로 백과사전의 묘미라고나 할까. 시작도 없고 끝도 없는 책. 찾아보기 쉽게 가나다순으로 배열되어 있긴 하지만 그게 책의 시작과 끝

을 의미하는 건 아니지. 그때그때 골라 보는 재미, 이것 또한 큰 즐거움 중의 하나이지.

자, 이제 또 다른 얘기를 해 보자고. 우리가 책을 읽다 보면 어떤 책은 무척 감동적이고 좋은 느낌으로 다가오는 경우가 있지. 그런 책은 당연히 자꾸자꾸 읽고 싶어지고. 어렸을 때 엄마나 할머니께서 해 주시는 옛날이야기는 들어도 들어도 자꾸자꾸 또 듣고 싶잖아. 이미 그 내용을 뻔히 아는데도 우리는 자꾸 조르곤 했었지. 내용도 재미있었겠지만, 엄마나 할머니 목소리로 이야기를 듣는다는 게 마냥 즐거웠는지도 몰라.

이렇게 좋아하는 이야기는 반복해서 들어도 전혀 싫증이 나지 않아. 책도 마찬가지야. 그러니까 즐겁게 책을 읽는 네 번째 비결은 재미있는 책, 내가 좋아하는 책을 자꾸자꾸 '반복해서 읽는 것'이야.

세상에는 산처럼 많은 책들이 잔뜩 쌓여 있고 또 매일매일 새로운 책이 나오는데 똑같은 책만 읽고 있어도 되냐고? 걱정 마. 사람이 나이가 들고, 이런저런 경험도 하고 또 세상에 대한 질문도 점점 많아지면 좋아하는 책도 바뀌기 마련이거든. 아무리 재미있는 장난감이라도 어느 순간 더 이상 가지고 놀지 않는 것처럼 말이야.

책을 읽는 것도 마찬가지야. 항상 손에서 놓지 않았던 책이라도 시간이 흐르면 자연스럽게 책꽂이 한편에 자리 잡게 되고, 그 책을 잊어버리기도 해. 왜냐하면 우리는 끊임없이 새로운 책을 만나게 되거든. 물론 시간이 좀 흐른 후에 어린 시절을 추억하며 예전에 읽던 책들을 다시 펼쳐 볼 수는 있겠지. '아, 내가 예전에 좋아했던 책이네. 그때는 이 책을 매일매일 읽었지.' 감개무량한 기분을 느끼면서 말이야.

책을 재미있게 읽는 비결, 이제 좀 알겠니? 사실 이 비결보다 더 중요한 것은 자기 나름의 책 읽기 방식을 찾는 거야. 어떻게? 모든 일이 그러하듯 수많은 경험을 통해서!

안녕,
우리 또 만나자!

자 친구들, 이제 슬슬 작별해야 할 시간이 다 된 것 같아. 어쩐지 좀 서운해지는걸. 그동안 내 얘기에 귀 기울여 줘서 고마웠어. 친구들이 내 얘기에 귀를 기울여 주니 더 신 나게 얘기할 수 있었거든.

이제 친구들은 남다른 능력을 지니게 된 거야. 나만 알고 있던 비밀을 친구들에게만 살짝 알려 준 것이거든. 특히 뭔가 잘 읽기 위해서는 열심히 귀를 기울여야 한다는 점과 보이지 않는 것을 읽기 위해서는 마음의 눈을 사용해야 한다는 얘기는 꼭 기억해 줘.

이 두 가지만 잊지 않는다면 친구들이 앞으로 세상을 살아가면서 어떤 사람을 만나고 어떤 일을 하더라도 걱정할 필요가 전혀 없단다. 왜 그런지는 나중에 어른이 되면 자연히 알게 될 거야. 그러면 친구들은 생각하겠지. '아, 옛날에 내가 읽었던 책에서 제강이란 친구가 했던 알쏭달쏭한 얘기가 이런 뜻이었구나.' 하고 말이야.

이제 작별할 시간이 되었으니 친구들에게 내 얘기를 조금 더 해 줄게. 내 나이는 사실 삼만 오천 살보다 훨씬 많단다. 정확히 몇 살인지는 나도 잘 모르겠어. 왜냐하면 나는 천지가 개벽하기 전부터 계속 살아왔거든. 내가 어떻게 생겼는지 어떤지 궁금하다고? 음, 『산해경』이라는 책에 내 모습을 그린 그림이 나오긴 하는데, 그래도 내가 직접 설명해 볼게.

내 몸집은 좀 통통하고, 여섯 개의 귀여운 다리가 있단다. 내가 멋진 리듬에 맞춰서 얼마나 신 나게 춤출 수 있는지 친구들에게 보여 줄 수 있으면 좋을 텐데. 아쉽다. 그리고 팔 대신 날개가 네 개 달려 있어서 어딘가 가고 싶을 때 엄청 빨리 갈 수 있어서 좋단다.

사실 내가 어떻게 생겼는지 말하는 건 좀 어려워. 왜냐하면 내 얼굴에는 눈과 귀와 코가 없거든. 눈과 귀가 없는데 어떻게 보고 들을 수 있냐고? 아이참, 친구들도. 내가 줄곧 말해 왔잖아. 진짜 중요한 건 '마음으로' 보고 들을 수 있다니까. 내 눈은 보이지 않지만 백지도 읽을 수 있고, 내 귀는 들리지 않지만 침묵도 들을 수 있단다. 친구들에게도 그 비결을 살짝 알려 줬으니 앞으로는 다들 잘할 수 있겠지?

그런데 내 친구들은 내 얼굴에 좀 불만이 많았나 봐. 남쪽에 사는 '숙'과 북쪽에 사는 '홀'이라는 친구가 글쎄 내 얼굴에 눈, 코, 입, 귀를 만들어 준다고 하루에 하나씩 구멍을 뚫어 놓았지 뭐야. 난 마음으로 보고, 듣고, 말하면서 즐겁게 사는 게 좋은데 말이야. 나는 너무 화가 나서 그만 죽은 척하고 계속 누워만 있었어. 그제야 숙과 홀은 미안했는지 엉엉 울며 내 얼굴에서 구멍들을 싹싹 지워 버렸지. 히힛. 그래서 난 지금 날개 네 개를 팔랑거리며 즐겁게 세계를 여행하고 있는 중이란다.

어느 날 맑은 하늘을 문득 올려 봤을 때, 코가 없는 코끼리 모양의

뭉게구름이 흘러가는 모습이 보이면 그게 바로 나라고 생각하면 돼. 그때 친구들이 "안녕, 제강아." 하고 손 한번 흔들어 주면 참 반가울 거야. '아, 저기 내가 읽는다는 것에 대한 얘기를 할 때 내 얘길 잘 들어 준 친구가 있구나.' 하고 말이야.

그럼, 친구들 이제 난 그만 가 볼게. 우리 또 만나자!

책 읽기 작은 사전

● 미하엘 엔데의 『모모』와 한 작가의 모든 작품 읽기

『모모』에는 '시간을 훔치는 도둑과 그 도둑이 훔쳐 간 시간을 찾아 주는 한 소녀에 대한 이상한 이야기'라는 조금 긴 부제가 붙어 있어. 듣기의 명수 모모에게는 사실 중요한 역할이 있었어. 회색 신사들이 훔쳐 간 사람들의 시간을 되찾아 주는 일이었지. 회색 신사들이 시간을 절약하면 더 많은 일을 할 수 있고, 더 많은 돈을 벌 수 있다고 마을 사람들을 꾀였거든. 이때부터 마을은 말할 수 없이 삭막해진단다.

이 책의 저자 미하엘 엔데(Michael Ende, 1929~1995)는 『모모』를 통해 각자 마음속에 있는 '잃어버린 시간'을 되찾으라고 말해. 사람은 누구나 가슴속에 자기만의 '시간의 꽃', 즉 자신의 삶을 풍요롭게 가꾸어 줄 수 있는 의미 있는 시간들을 간직하고 있지만, 공부하느라 혹은 일하느라 잊고 살아가니 얼마나 안타까운 일이야. 『모모』를 읽고 나면 내 안 있는 '시간의 꽃'에 대해 한 번쯤은 진지하게 생각하게 되지.

『모모』를 재미있게 읽은 친구라면, 같은 작가의 작품 『끝없는 이야기』도 좋아할 것 같아. 주인공 바스티유는 헌책방에서 훔친 책 읽기에 빠져 학교 수업도 빼먹는데, 책 속의 이야기와 책 밖의 이야기가 맞물려 엄청난 모험이 펼쳐진단다. 너무 긴 이야기가 싫다면, 아주 짧은 그림책 『오필리아의 그림자 극장』을 읽어 봐. 오필리아라는 할머니에게 외로운 그림자들이 찾아오면서 벌어지는 이야기인데 환상적이면서도 삶이란 무엇인가 생각하게 해 줘.

미하엘 엔데는 이렇게 환상적인 이야기에 심오한 철학을 담아내는 작가로 유명하단다. 그래서 미하엘 엔데의 작품을 모두 찾아 읽는 사람도 많아. 어떤 배우가 좋아지면 그 배우가 출연한 모든 영화들을 찾아본다거나, 좋아하는 가수가 신곡을 발표할 때마다 음반을 사는 것과 마찬가지로 말이야. 이렇게 한 작가가 쓴 모든 작품을 읽어 나가는 것을 '전작 읽기'라고 해.

수많은 책 중에서 내 취향에 맞는 책 찾기가 쉽지 않잖아. 이럴 때 전작 읽기가 도움이 된단다. 일단 한 작품이 재미있었다면 같은 작가의 다른 작품도 좋아할 가능성이 크니까. 한 작가의 작품을 모두 읽는다면, 그 작가가 세상을 어떻게 바라보는지 또 어떤 식으로 이야기를 풀어 나가는지 잘 알게 되지. 한 친구를 오래 사귀면 그 친구에 대해서 잘 아는 것처럼 말이야.

● 호메로스의 『오디세이아』와 고전 읽기

『오디세이아』는 『일리아스』와 함께 서양 문학에서 가장 오래된 서사시로 손꼽히는 작품이야. 고대 그리스의 시인 호메로스가 기원전 8세기 무렵에 지은 걸로 알려져 있는데, 호메로스는 아리스토텔레스가 『시학』에서 극찬했을 정도로 뛰어난 시인이었어.

'오디세우스의 노래'라는 뜻의 제목처럼 『오디세이아』는 트로이 전쟁이 끝나고 고향으로 돌아오는 오디세우스의 모험 이야기야. 오디세우스는 특이한 인물들을 만나면서 이상한 사건을 겪는데 우리가 잘 아는 그리스의 신들도 나온단다.

『오디세이아』 앞에는 항상 '고전'이라는 말이 따라다니곤 해. 이후에 나온 모험 이야기를 비롯해 많은 서양 문학 작품에 영향을 미쳤고, 무척 오래된 작품이지만 지금 읽어도 재미있으면서 인생에 대한 교훈을 주거든.

'고전'이란 말만 들어도 벌써 따분하다고? 하긴 '꼭 읽어야 할 고전'이라고 된 책들을 보면 참 어렵고 두껍고 지루해 보이기도 하지. 게다가 참 이상하게도 '읽어야 할'이라고 쓰여 있으면 읽고 싶은 마음이 싹 달아나잖아.

고전이란 문학 유산 중에서 선택된 것이기 때문에 읽을 만한 가치가 있는 책이지만 어떤 책이 '고전'이기 때문에 꼭 읽어야만 하는 건 아니야. 논술이니 글쓰기니 수행 평가니 해서 고전 읽기가 무척 중요하게 여겨지고, 고전들의 핵심을 정리한 요약본들도 많이 나와 있지. 하지만 고전의 줄거리를 안다고 해서 고전의 참 가치를 아는 것은 아니야. 단 한 권이라도 제대로 읽고, 작은 부분이라도 내 안에 어떤 변화를 일으키는 책을 만나는 일이 중요하지.

그런 책을 어떻게 만나냐고? 특별한 비법은 없어. 내 인생의 고전을 만날 때까지 읽고 찾고 또 읽는 수많은 시행착오를 겪으면서 한동안은 고전의 숲을 묵묵히 헤매고 다니는 시간이 필요할 뿐이지. 그 과정에서 진정한 책 읽기의 기쁨을 느낄지도 몰라.

오디세우스와 세이렌의 이야기를 표현한 도자기 그림.

● 프랭크 바움의 '오즈의 마법사' 그리고 대중 매체와 함께 읽기

어떤 문학 작품은 영화나 연극 혹은 뮤지컬로 만들어진 것을 먼저 만나기도 해. 셰익스피어의 『햄릿』처럼 상연을 전제로 쓰인 희곡이나 아주 유명한 소설의 경우에는 "누구누구의 작품을 상연하는군." "영화로 개봉하는군." 하고 금방 알아차리기도 하지만, 드라마나 영화로 만들어진 작품들이 아주 큰 인기를 끌면 그 원작이 나중에 주목받는 경우도 많거든. 친구들은 영화나 연극, 뮤지컬을 보고 나서 그 감동이 쉽게 잊히지 않아 관련된 음반을 듣거나 원작 소설을 찾아서 읽어 본 경험 없어?

1900년에 발표된 프랭크 바움(L. Frank Baum, 1856~1919)의 '오즈의 마법사'는 『위대한 마법사 오즈』부터 『오즈의 착한 마녀 글린다』까지 총 14권으로 된 제법 긴 시리즈야. 초반에 발표한 작품이 인기를 끌자 이야기를 덧붙여 시리즈를 만들었지. 발표된 지 100년이 지났지만 아직도 꾸준히 잘 팔리고 있는 스테디셀러야. 게다가 영화, 연극, 뮤지컬, 만화 등 다양한 장르로도 여러 번 만들어졌고 인기리에 공연되고 있지.

내가 '오즈의 마법사'를 처음 만난 것은 텔레비전 만화를 통해서였는데, 허수아비와 사자가 도로시를 데리고 오즈를 만나러 여행을 떠나는 장면이 아직도 생생하게 떠올라. 한참 뒤에야 동화 원작이 있다는 사실을 알았고 그제야 책을 읽어 봤는데, 색다른 재미가 있더라고.

글자로 읽을 때에는 배경이나 인물을 머릿속으로 상상하면서 읽게 되잖아. 그런데 만화를 미리 보고 책을 읽으니까 만화 속 장면들이 곧장 떠올라서 훨씬 생생하게 읽을 수 있었거든. 또 어떤 부분은 책과 만화가 약간씩 다르기도 했는데, 그런 부분을 찾아가면서 읽는 것도 재미있었어. 뮤지컬이나 영화는 또 다른 분위기겠지?

이렇게 상상하면서 책을 읽는 것도 재미있어. "내가 만약 영화감독이라면, 연극과 뮤지컬의 연출자라면, 만화 기획자라면 오즈의 마법사를 어떻게 만들었을까?" 친구들도 한번 해 봐.

영화 「오즈의 마법사」의 한 장면.

126

● 한용운의 「님의 침묵」과 시 읽기

세상에서 가장 어려운 책이 뭘까? 지금까지 살면서 읽어 본 책 중에서 가장 어려웠던 것은 수학책이었어. 숫자랑 수학 기호랑 공식들이 그냥 내가 잘 모르는 외국어처럼 느껴져서 도무지 친해지지가 않았거든. 친구들은 어떤 책이 가장 어려웠어? 내가 아는 어떤 친구는 시집이야말로 세상에서 가장 어려운 책이라고 말하더군. 어떤 원리나 공식, 논리적인 체계를 바탕으로 쓴 글은 그 체계만 이해하면 아무리 복잡하게 쓰여 있어도 이해할 수 있지만, 시는 아무리 짧아도 도무지 무슨 말을 하는지 아리송하기만 하다는 거야.

하긴 생각해 보면 그 말도 맞지. 시란 어떤 논리가 아니라 쓴 사람의 주관 혹은 마음이나 기분 성격 태도 취향 같은 것을 표현하고, 그렇기 때문에 누구나 다 이해할 수 있는 원리나 공식 같은 건 없으니까. 그렇다면 대체 시는 어떻게 읽어야 할까?

어떻게 읽긴, '온몸으로' 읽으면 되지. 이 시인은 왜 여기에 이런 시어를 썼을까 머리로 이해하려고 노력하면서, 또 전체적인 분위기와 정조를 가슴으로 느끼면서, 눈으로 입으로 읽으면 되는 거야. 그러면 어떤 시는 친구들 마음에 더 많이 와 닿을 것이고 또 어떤 시는 크게 와 닿지 않겠지. 그래서 시를 읽는다는 건 어떤 점에선 친구를 사귀는 것과 비슷한 것 같아.

한 반에 학생들이 30명쯤 있다고 하면, 그중에는 나와 각별히 친하고 내가 좋아하는 친구도 있지만, 서먹서먹하게 지내는 친구도 있잖아. 모든 친구들과 다 똑같은 마음으로 지낼 수 없는 것처럼, 시를 읽으면서 느끼고 공감하고 받아들이는 것도 다 같을 순 없는 거야. 중요한 건, 내 앞에 있는 친구를 혹은 시를 이해하려고 하는 마음, 그것의 정수를 느껴 보려고 하는 마음이 아닐까?

한용운 시인의 「님의 침묵」을 읽어도 우린 다 다른 걸 느끼겠지. 그래서 시인이 말한 '님'이 조국이나 부처님이나 애인이라고 말하는 건, '정답'이나 '사실'이 아니라 시를 이해하는 하나의 '가능성'이라고 보는 게 더 정확한 말일 거야.

무엇인가에 대한 애정이 지나치게 큰 사람들이 있지. 그런 사람들을 보고 흔히 '미쳤다'는 말을 쓰곤 해. '자동차에 미쳤다.', '게임에 미쳤다.', '음악에 미쳤다.'라고들 하잖아. 조선 후기 북학파 실학자 중 한 사람인 이덕무(1741~1793)는 그야말로 '책에 미친 사람'이었는데, 스스로 「간서치전(책만 보는 바보의 전기)」라는 자서전을 쓰기도 했어. 이 글에 이덕무 특유의 글 읽는 방법이 나와.

"그는 골똘히 시를 생각할 때면 앓는 사람처럼 읊조리기도 하였다. 그러다가 심오한 뜻을 깨치기라도 하면 매우 기뻐하며 일어나 이리저리 왔다 갔다 하기도 하였는데 그 소리가 마치 까마귀 우짖는 듯하였다. 때로는 조용히 아무 소리 없이 눈을 휘둥그레 뜨고는 바라보기만 하다가, 때로는 꿈꾸는 사람처럼 혼자 중얼거리기도 하였다."

그분이 남긴 글 중에는 책 혹은 독서와 관련된 것들이 적지 않아. 서재의 이름도 책과 관련된 아홉 가지 이야기가 있는 곳이라는 뜻의 '구서재(九書齋)'라고 지었어. 책을 읽는 독서, 그리고 책을 보는 간서, 책을 간직하는 장서, 책의 내용을 뽑아서 베껴 쓰는 초서, 책의 오탈자를 바로잡아 고치는 교서, 책의 내용을 비평하는 평서, 책을 저술하는 저서, 책을 빌리는 차서, 책을 햇빛에 말리고 바람을 쐬는 폭서, 이 아홉 가지라는군. 정말 얼마나 책을 좋아했는지 알 만하지?

이덕무뿐만이 아니라 선비들은 다들 누구나 자기만의 고유한 독서법이 있었대. 독서에 대한 글들을 찾아서 읽는 것도 재미있을 것 같지 않아? 서점에 가면 책 읽기의 역사라든가, 책 읽기의 방법에 대한 책들이 적잖이 나와 있어. 또 다른 친구들의 '독후감' 같은 것을 읽어 보는 것도 하나의 방법이겠지. 그래서 어떤 점이 나와 비슷하고 또 다른지를 비교해 보는 것도 흥미로운 일일 것 같아. 하지만 무엇보다 중요한 것은 바로 나만의 독서법 즉, 책과 만나는 나만의 방식을 발견해 내는 것이야.

책과 서가, 여러 가지 물건을 함께 그린 조선 시대 책가도의 일부.

● 조세희의 「난장이가 쏘아올린 작은 공」과 시대 배경을 생각하며 책 읽기

사람들은 자신이 살고 있는 이 세계의 진실 혹은 참모습을 문학 작품을 통해 발견할 때가 많은데, 왜냐하면 문학 작품이 현실의 가장 중요하고 인상적인 부분을 선명하게 보여 주는 역할을 하기 때문이지.

1978년에 출간된 조세희의 「난장이가 쏘아올린 작은 공」은 처음 발표되었을 때부터 사람들에게 큰 충격과 자극을 준 작품이야. 도시 철거민이자 가난한 노동자인 '난장이 가족'의 모습을 통해 사람들은 자신이 살고 있는 사회의 모습을 분명하게 볼 수 있었거든.

이 소설은 열두 편의 이야기가 연작 형식으로 연결되어 있어. 이야기마다 다른 인물의 시각으로 서술되고 과거와 현재가 뒤섞여 있는 등 이야기 구조가 독특하지. 이런 형식 때문에 현실의 이야기 같지 않고 환상 같은 느낌을 주기도 해. 하지만 이 소설을 읽은 사람들은 그 당시의 암울한 사회 분위기는 물론 급격한 산업화로 생겨난 계층의 대립과 소외 같은 현실을 오히려 더 생생하게 볼 수 있었지.

이렇게 문학 작품은 때로는 비현실적인 장면을 그려서 현실을 환기하곤 해. 거꾸로 생각하면 작가가 살아서 활동했던 시대(작품의 시간적 배경이 아니라)에 대한 지식이 있다면 그 작품을 더 깊이 이해할 수 있다는 말이지. 이를테면, 가브리엘 가르시아 마르케스가 쓴 「백 년 동안의 고독」에는 몇 년 동안 쉬지 않고 폭우가 쏟아지기도 하고, 하늘에서 바나나 더미가 비처럼 쏟아지는 장면이 나오는데, 당시 바나나 농장 노동자들의 파업이라는 맥락을 알지 못하면 황당한 이야기로만 여길 수도 있지.

드라마로 방영된 「난장이가 쏘아올린 작은 공」의 한 장면.

이 책에서 인용한 글의 원문이 실린 책과 잡지입니다.

『개구리 울음 소리』
● 장유 지음, 최지녀 편역, 돌베개

『국어 교과서 작품 읽기—중1 소설』
● 류대성·신병준·최은영 엮음, 창비

『깨끗한 매미처럼 향기로운 귤처럼』
● 이덕무 지음, 강국주 편역, 돌베개

『독서의 역사』
● 알베르토 망구엘 지음, 정명진 옮김, 세종서적

『비슷한 것은 가짜다』
● 정민 지음, 태학사

『상록수』
● 심훈 지음, 하서출판사

『오즈의 오즈마 공주』
● 라이먼 프랭크 바움 지음, 최인자 옮김, 문학세계사

『이상한 나라의 앨리스』
● 루이스 캐롤 지음, 김석희 옮김, 웅진주니어

『잃어버린 시간을 찾아서』
● 마르셀 프루스트 지음, 김창석 옮김, 국일미디어

『창비어린이 2008년 봄호』
● 창비

『햄릿』
● 윌리엄 셰익스피어 지음, 최종철 옮김, 민음사

『화개집』
● 루쉰 지음, 홍석표 옮김. 선학사

그림을 그린 **정지혜** 선생님은
서울에서 태어나 자랐고, 대학에서 만화예술을 공부했습니다. 그림으로 아이들과 소통하는 다양한 길을 찾으면서 그림책을
그리고 있습니다. 그동안 『다 내 거야!』 『골목에서 소리가 난다』 『연보랏빛 양산이 날아오를 때』 『나는야, 늙은 5학년』 등의
책에 그림을 그렸습니다.

읽는다는 것
권용선 선생님의 책 읽기 이야기

2010년 11월 10일 제1판 1쇄 발행
2018년 10월 15일 제1판 8쇄 발행

지은이	권용선
그린이	정지혜
펴낸이	김상미, 이재민

기획	고병권
편집	김세희, 이원담
디자인기획	민진기디자인

종이	다올페이퍼
인쇄	청아문화사
제본	광신제책

펴낸곳	너머학교
주소	서울시 종로구 자하문로24길 32-12 2층
전화	02)336-5131, 335-3366, 팩스 02)335-5848
등록번호	제313-2009-234호

너머북스와 너머학교는 좋은 서가와 학교를 꿈꾸는 출판사입니다.